장녀

醬女

장녀

醬女

황의건 지음

예미

늘 밝고 착한 찰리에게,

옥.떨.메., 옥상에서 떨어진 메주.

옥상에서 메주가 떨어졌다.
그리고, 비로소 자유를 얻었다, 고 나는 생각했었다.

1

휘~리릭,

순간 보름달이 내 두 눈앞에서 사라졌다가 다시
보였다.

마루 한쪽에 세워 둔 고장 난 앤티크 괘종시계는
벌써 15년이 지나도록 열 시 십 분을 가리키고 있
었고, 정수리 위에서는 쭈뼛쭈뼛 그 무엇이 솟아나
기 시작했다. 결국에 엄마는 별명이 말의 씨가 돼,
내가 살고 있는 집 옥상에서 떨어져 우리 곁을 떠났
다. 나는 스스로 목숨을 버린 엄마를 영원히 용서할
수 없을 것만 같았다.

드드득,

그때 내 휴대폰으로 문자 메시지 하나가 들어왔
다. 그것은 엄마로부터 온 마지막 메시지였다.

샘이야, 엄마 먼저 간다. 부디, 이 엄마를 용서하지 말거라.

우리 엄마의 이름은 메주, '사메주'다. 믿기 어렵겠지만, 이게 엄마의 본명이다. 한때, 엄마는 자신의 이름을 '사서영'이라 개명까지 했지만 여전히 학창 시절 '옥떨메(옥상에서 떨어진 메주)'라는 별명이 개명한 뒤로도 엄마의 인생을 지배했다. 엄마는 이름과는 달리 참 예뻤다. 누구나 자기 엄마가 세상에서 제일 예쁘다 하겠지만, 나보다 더 젊은 사진 속 엄마는 같은 여자가 봐도 미모가 아주 출중했다.

내 기억에 엄마는 자기 이름을 죽을 만큼 싫어했다. 자신의 진짜 이름을 숨길 수 있는 한 숨기기 위해 필사적이었고, 끝까지 자신의 이름을 부정하기도 했다. 그래도 가끔 재수 없게 이름이 들통나는 경우에는 안면을 확 바꿔 아주 우아하게 당부하는 것 또한 잊지 않았다. "아니, 저, 뭔가 오해가 있으

신 거 같은데 … 제 이름은 메주가 아니라, 메기예
요, 메에~기."

　나는 우리 집 장녀(長女)다.
　어려서부터 이구동성으로 엄마와 똑같이 생겼다
고 귀가 닳도록 들었다. 아무리 숨죽여 조용히 살아
도 원래부터 아주 시끄러운 인생을 예약한 것만 같
았다. 행여나 엄마의 인생까지도 닮을까 봐 나는 두
려웠다. 우리 집은 세 자매 이름이 모두 다 외자다.
이름이 그래서 그런지 우린 모두 조금은 남들보다
더 외롭게 사는 팔자인가 싶지만, 그래도 난 내 이
름이 좋다. 이름에 관한 트라우마가 있던 엄마는 우
리 셋의 이름을 '아이돌' 가수처럼 예쁘게 지어주었
다. 엄마는 내 이름을 '샘'이, 둘째 동생을 '강'이, 막
내 여동생을 '솔'이라고 지었다. 우리 셋은 생물학
적 아빠가 모두 각기 다르다. 그래서 성씨도 다 달
라야만 했지만 결혼을 한 번도 하지 않았던 엄마는
우리에게 엄마의 성씨를 물려주었다. 그래서 우리

는 '사'씨 성을 갖게 되었고 그것으로 인해 알 수 없는 우리 셋만의 강한 유대감을 느끼며 여태껏 살아오게 된 듯하다. 만약에 그런 유대감이 없었더라면 나의 삶은 분명 깊은 바다보다도 더 어둡고 공포스러웠을 것이다.

사고가 났던 그날 밤, 119 구조대와 경찰이 출동했다. 용산 경찰서 담당 경사는 나에게 미국에 있는 엄마 연락처와 우리 집 가족사 등 몇 가지를 묻고는 철수했다. 엄마의 부검이 끝나고 난 이튿날, 사건 조사를 맡았던 담당 경사로부터 엄마가 소지하고 있던 유품들을 돌려받을 때에야 나는 비로소 엄마가 재작년 미국에서 이혼을 했으며, 최근 췌장암 말기 선고를 받아 치료차 서울에 돌아온 사실을 듣게 되었다. 엄마는 얼마 남지 않은 자신의 삶을 정리하기 위해, 죽기 전 우리를 마지막으로 보러 온 것이었다. 엄마가 집을 팔겠다고 강짜를 부렸던 건 우리 앞에 나타나기가 그저 미안

해 그런 것이었을 뿐 진심은 아닌 듯했다. 그냥 나쁘고 모질었던 엄마로 일관성 있게 처신한 엄마의 마지막 배려 아닌 배려는 우리가 엄마를 용서하지 않고 앞으로 쭉, 계속, 엄마를 미워하는 걸 가능케 했다. 나중에 확인해 보니, 옥상에서 투신하기 직전, 그래도 엄마는 우리 셋에게 마지막 작별인사를 문자 메시지로 따로 보냈고, 동생들에게는 약간의 현금과 나에게는 이 집을 유산으로 남기고 떠났다.

"언니! 진짜 저걸 나보고 입으라는 거야? 난 검은색 한복 입는 거 죽기보다도 싫어."

엄마의 장례식을 준비하면서, 둘째 강이가 어디서 구해왔는지 옷 한 벌을 불쑥 내게 내밀었다. 레드 카펫에서나 더 어울릴 것 같은 화려한 공단을 덧댄 검은색 턱시도 재킷과 검은색 원피스였다. 심지어 재킷을 입으면 치마가 하도 짧아 아예 안 입은 것처럼 보였다.

"너 돌았니? 엄마 장례식에 이런 걸 나보고 입으라고?"

내가 난처해하자, 이번엔 막내 솔이가 거들고 나섰다.

"언니, 우리, 초라하게 엄마 보내지 말자. 나도 한복 안 입을래. 엄마가 원래 아주 화려한 거 좋아했잖아. 그래도, 우리 엄마인데 엄마한테 맞춰 줘야지. 강이 언니가 난 이걸로 입으래."

솔이는 가수 아이유나 입을 법한 시스루 검은색 벨벳 드레스를 옷걸이째 들고는 자기 몸에다 대고 흔들어 보였다.

"휴우, 너희 둘 다 왜 이러니?"

나는 결국 강이가 시키는 대로 입었다. 짧은 치마를 입어 하얗게 맨살이 드러나는 민망한 내 다리를 강이가 연신 쓰다듬었다.

"강이야, 제발 좀 그만 만져, 넌 정말 애정 결핍이야. 어서 나가서 스타킹이나 사 와."

스타킹을 사러 나가는 강이의 뒷모습이 보였다. 강이는 등이 훤히 다 보이는 '베어 백' 검은색 실크 드레스에 심지어 커다란 챙에 레이스가 잔뜩 달린 모자까지 뒤집어쓰고는 아무렇지도 않게 엄마의 장례식장을 누볐다. 같은 층에 있던 다른 장례식장 조문객들이 더러 우리 셋을 힐끔거리며 지나가기도 했지만 그런 것 따위가 거슬리지는 않았다. 그렇게 우리 셋은 엄마와 마지막 삼 일 밤을 보내고 있었다.

장례식에 찾아오는 이는 아무도 없었다. 우리 셋만이 줄곧 엄마의 영정을 지킬 뿐이었다. 물색없는 미소를 보내고 있는 영정사진 속 엄마를 보다가 갑자기 얄미운 생각이 들었다.

"너희는 엄마가 용서가 되니?"

내가 동생들에게 물었다.

"그래도, 엄마잖아. 그리고, 나한테 유산으로 학비도…."

솔이가 강이 눈치를 보며 소심하게 말끝을 흐렸다.

"난 엄마가 남기고 간 돈 안 받을래. 언니는 어때? 엄마가 용서가 돼?"

둘째 강이가 다소 격앙된 목소리로 내게 말했다.

"글쎄, 이제 와서 그런 게 다 무슨 의미가 있을까? 근데 솔아, 너는 왜 아까부터 안색이 안 좋니? 어디 아파?"

"아냐, 언니. 그냥 좀, 아까부터 배가…."

"화장실에 갔다 와, 그럼."

강이가 솔이에게 퉁명스럽게 말했다.

"그런 배 아니거든! 그리고, 그렇게 눈에 힘 좀 주지 말라니까, 제발. 엄마가 언니한테 돌아가시기 전에 한 말 생각 안 나?"

"?, !"

순간의 아주 짧은 침묵이 있었고, 강이의 얼굴이 살짝 굳었다. 솔이가 또 강이의 아킬레스건을 건드렸던 것일까?

"강이야, 어디가?"

"담배…."

강이가 짧게 대답하고 휙 나가버리자, 뾰로통한 솔이가 내 쪽을 바라보며 왼쪽 어깨를 살짝 들었다가는 내려놓았다.

"뭐, 언니. 생리하는 게 내 죄야?"

"못됐다, 못됐어. 네가 그러고도 동생이니?"

나는 철없는 동생들에게 화가 났지만, 언제나 그랬듯이 그 누구의 편도 들 수가 없었다.

우리는 의논 끝에 엄마를 화장하기로 했다. 엄마의 허무한 육신은 채 몇 분도 되지 않아 그저 한 줌의 재로 우리 세 자매의 손에 쥐어졌다. 그토록 사력을 다해 내가 미워했던 엄마는 고작 한 줌의 재다였고, 엄마를 향한 나의 증오 또한 결국 한 줌에 불과했다. 나는 내게 일어났던 엄마에 관한 모든 일들이 처음부터 끝까지 모두 다 꼭 꿈만 같았다. 그 오랜 시간 동안 엄마를 그리워했고, 그것조차도 동

생들 눈치 보느라 마음 편히 엄마를 그리워해 보지
도 못한 나였다. 그리움은 죄책감 반, 증오 반으로
칵테일처럼 뒤섞여 버려, 어느 순간 나는 엄마를 이
미 아주 오래전에 죽은 사람처럼 취급했었다. 그래
서인지 나에게는 엄마가 마치 이번 생에 두 번 죽은
사람처럼 느껴졌고, 또 다른 한편으로는 아예 애초
부터 엄마가 존재하지 않았던 것처럼 살아왔는지
도 모른다. 엄마의 부재와 달리, 엄마의 죽음은 내
게 슬픔이라는 현실로 구체화될 수 없었다.

경기도 파주 화장터에서 엄마를 모시고, 엄마의
고향인 전라북도 장수로 향했다. 덕산계곡에서 엄
마를 바람결에 실어 보내고 내려오는데 빗방울이
툭툭 한두 방울씩 떨어지기 시작했다. 누적된 긴 피
로가 떨어지는 빗방울과 함께 점점 굵어지기 시작
했다. 서둘러 서울로 돌아가고 싶었지만 내게 아
직 운전할 기력이 남아 있을지 확신이 서지 않았다.
빗줄기를 피하기 위해 우리 셋은 트럭이 주차된 곳

을 향해 뛰었다. 얼마큼 뛰었을까 어느새 숨이 턱까지 차오르고 심장이 터질 것만 같았다. 마침내, 계곡 입구 주차장 근처에 다다랐다. 주차장 한편에는 새벽녘 도착했을 때에는 없었던 조그만 장이 하나서 있었다. 날이 궂어서 그런지 사람들은 별로 없었다. 좌판이 열 개도 안 되는 장에는 그래도 제법 먹을거리가 여기저기 있어 보였다.

"얘들아, 저기서 숨 좀 돌리고 가자."

내 말이 끝나자마자, 솔이는 이미 저만치 기름 냄새가 솔솔 풍겨오는 파전을 부치는 좌판에 자리를 잡고 앉아서 어느새 나와 강이를 부르고 있었다.

"언니들, 빨리 와, 여기야 여기."

우리 말고도 등산객 차림의 젊은 남자 둘이서 희끗희끗 오징어가 들어간 파전에 막걸리를 마시고 있었다. 장터의 천막들은 그런대로 지나가는 비를 피하는 데 괜찮았다. 동생들은 순식간에 파전 한 판에 막걸리까지 시켜 한 대접씩 쭉 마셨지만, 나는 운전을 해야 해서 막걸리를 사양했다.

"언니, 그냥 마셔. 대리 부르자."

솔이가 내 코앞에다 막걸리 잔을 들이대며 아양을 떨어댔다.

"야! 여기 대리가 어딨니?"

나는 단호한 목소리로 방어하고 있었지만 어느새 막내의 사악한 유혹에 넘어가 막걸리를 세 잔이나 비우고 있었다.

"이 맛이야! 언니, 운전은 아무래도 무리야. 우리여기 어디서 하루 민박하고 내일 올라가자."

강이가 흥이 났다. 우리 셋은 엄마를 보내고 온 날인데도 뭐가 그리 좋았는지 흥이 났다.

"야, 우린 정말 망할 년들이다! 엄마 장례 치른 딸년들 맞니?"

우리 셋은 그렇게 한참을 같이 웃었다. 그런데, 술이 좀 취하니 각자의 생각에 빠져 조용히 훌쩍이다가 눈이 서로 마주치기라도 하면 또 같이 웃다가, 그러다 또다시 셋이 각자 울었다. 사실, 나는 딱히 엄마의 죽음이 슬퍼서 운 건 아니었다. 동생들과 그토록 오랜 시간 엄마를 기다렸고, 이제는 더 이상 엄마를 기다리지 않아도 된다는 사실에 기쁘고도, 섭섭해서 그저 눈물이 날 뿐이었다. 이제 기다려도 오지 않는 엄마 따위는 없었다. 엄마는 죽었고, 적어도 나는 기다림이라는 것으로부터 자유를 얻었다고 생각했다.

"근데 어디서 뭔가 좀 쿰쿰한 냄새 같은 거 나지 않아?"

냄새에 유달리 예민한 강이가 울다 말고 갑자기 코를 실룩대며 주위를 살폈다.

메주, 그건 분명 아주 익숙한 메주 냄새였다.

2

섣달 그믐날, 엄마가 죽기 전 나를 찾아왔었다.

그간 일 년에 두어 번 연락이 오긴 했어도 나는 건성건성 제대로 답을 한 적이 없었다. 엄마가 집에 돌아온 건 거의 15년 만의 일이었다. 그날 밤 집에는 나 혼자뿐이었다. 둘째 강이는 작년에 독립해 자기 직장 근처인 광장동에서 따로 나와 살고 있었고, 춘천에서 간호 대학을 다니고 있던 막내 솔이는 방학이라 서울로 올라와 나와 며칠간 집에 있다가 마침, 그날 오전 동기들과 남해로 여행을 떠나고 집에 없었다.

15년 만에 다시 나타난 엄마는 나에게 다짜고짜 살고 있는 이 집을 팔겠다고 말했다.

"가세요."

나는 자리에서 일어나 엄마의 눈을 보는 대신 엄

마가 열고 들어온 문을 바라보며 단호하게 말했다.
엄마도 자리에서 일어나 나 대신, 내 등 뒤에 있는
창문을 바라보며 내게 말했다.

"이 집 팔기 전까진 나 미국으로 못 들어간다. 그
리 알아, 너."

"가세요, 제발."

내 시선은 여전히 문을 향하고 있었다.

"야~~~아옹"

찔레가 언성이 높아지고 있는 우리 둘 사이에 슬
그머니 끼어들었다.

"오 마이 갓! 블랙 캣이 너, 얼마나 재수가 없는
데 키우고 있니? 네가 아주 돌아도 단단히 돌았구
나. 게다가 얘는 눈까지 한쪽이 먼 애꾸네!"

"불쌍한 고양이한테 험담하지 마세요. 그리고,
멀쩡한 우릴 버리고 이제 와 나타나서는 뭐가 어째
요? 자식들이 살고 있는 이 집을 팔겠다고요?"

"어머 얘, 너는 이미 내 가게도 홀랑 다 팔아먹었
잖니!"

나는 엄마가 갈 때까지 그냥 침묵하기로 했다. 엄마와 나의 침묵은 우리 모녀의 악연이 깃든 집 안 구석구석을 아프게 파고들기 시작했다. 입술이 바짝 마르고, 심장 박동이 빨리 뛰는 소리가 들렸다. 나는 자리에서 일어나, 찔레를 데리고 안방으로 들어가 방문을 시끄럽게 소리 내며 걸어 잠갔다.

"냐아~~~아"

그렇게 한 십 분쯤 흘렀나 싶었는데, 갑자기 찔레가 문을 열어달라고 떼를 쓰며 방문을 긁어 대기 시작했다. 하는 수 없이 침대에서 내려와 찔레를 내보내려고 안방 문을 아주 조금, 찔레가 빠져나갈 수 있을 만큼만 열었다. 마루로 나간 찔레가 엄마의 무릎 위로 뛰어오르는 게 보였다. 엄마는 초점 없이 허공을 바라보면서 자연스럽게 찔레를 쓰다듬기 시작했다. 엄마는 찔레를 싫어하지 않았다.

"그래도 내가 널 낳아준 엄만데 … 나를 이렇게까지 개 무시하니 … 네가 어떻게….'"

엄마는 찔레를 쓰다듬으며 혼잣말을 하다가 조

금씩 울먹이기 시작했다. 가끔 영어로 알 수 없는 말을 내뱉기도 했는데 그 모습이 기괴하게 느껴졌다. 열어 놓은 창문 틈으로 바람이 새어 들어와 마루 창문의 커튼이 조금씩 흔들렸다. 덩달아 커튼에 그려져 있는 커다란 튤립 꽃무늬들이 엄마의 머리 위에서 미세하게 흔들리며 주위를 왜곡시키고 있었다. 아주 잠깐이었지만 그런 엄마의 모습을 엿보던 나는 갑자기 구토가 났다. 하는 수 없이 방에서 나와, 마루에 있는 엄마를 지나쳐 현관 오른편에 있는 화장실로 뛰어 들어갔다. 들어가 변기에 얼굴을 처박고 헛구역질을 몇 번 해댔지만, 입에서 나오는 건 아무것도 없었다. 마른 눈물이 이마로 흘렀다.

"애, 너 … 혹시 임신했니?"
화장실 밖에서 엄마의 떨리는 듯 허스키한 목소리가 내 등을 타고 넘어 들어왔다.

모두가 집으로 돌아오는 섣달 그믐날 밤, 나는
엄마를 내 집에서 내쫓았다. 그 밤은 무척 길었다.

3

둘째 강이는 재작년 육군을 현역으로 만기 전역
한 후, 미련 없이 자신의 남성을 버렸다. 성전환 수
술을 받은 후, 강이는 내 여동생이 되었다. 이제와
돌이켜 보면, 강이는 세상에 태어나 비록 남자인 적
이 단 한 번도 없었을지 몰라도, 강이가 우리에게
강이가 아니었던 적은 결코 없었다. 성전환 수술을
하고 나서도, 강이는 제 이름을 그대로 쓰겠다고 했
다. 지금은 네일 아티스트이지만, 원래 프랑스 극작
가 '프랑수아즈 사강'처럼 멋진 작가가 되는 것이 강
이의 꿈이었다. 그리고 나는 그 꿈을 지금도 열렬히
응원하고 있다. 강이는 어릴 적부터 독립심이 유달
리 강했다. 글도 아주 잘 쓰고 작가가 되고 싶어 해
서 막상 대학 진학을 포기하겠다고 들었을 때, 나는
참 많이 울었다. 강이는 오히려 그런 나를 위로했
다. 대학을 안 나와도 자신은 행복한 작가가 될 자

신이 있다며, 그러기 위해서 먼저 프로페셔널한 네일 아티스트가 되겠다며, 담담하게 내 눈을 바라보며 말했다. 그리고, 그 눈은 여동생이 된 지금도 전혀 변함이 없이 반짝거린다. 강이에게 변한 건 없었다. 있다면, 그건 우리가, 세상이 강이를 바라보는 시선이었다.

막내 솔이는 차라리 엄마에 대한 기억이 별로 없어서 엄마에 대한 원망도 거의 없었다. 오히려 가끔 기억에도 없는 엄마를 과장해 그리워할 때가 있을 뿐이었다. 나와 강이는 그런 솔이가 측은해 그냥 그렇게 놔두기로 했다. 강이가 성전환 수술을 하겠다고 처음 말했을 때에도 솔이는 눈 하나 깜짝하지 않았던 아이였다.

"어후, 오빠! 수술 꼭 해야 해? 그냥 남자 좋아하는 남자로 살면 안 돼?"

그때만 해도 나는 하늘이 무너지는 것만 같았다. 모든 게 다 내 잘못인 것만 같았고 엄마의 빈자리가 너무나도 크게만 느껴졌다. 그때, 솔이는 나보다도 훨씬 어렸지만 대담하고 쿨했다.

"언니, 생각나? 옛날에도 오빠가 나랑 언니 몰래 장롱에서 엄마 옷 맨날 꺼내 입고 화장하고 막 그랬어도, 나는 그냥 오빠도 나처럼 엄마가 너무 보고 싶어서 그런 건 줄만 알았지, 막상 수술해서 그거까지 자른다고 하니까 좀 현타 와. 근데 뭐 어쩌겠어. 여자로 살고 싶어 하잖아, 여자로 사는 게 얼마나 힘든 건데, 어디 한번 살아 보라지. 뭐 어쩌겠어."

작년, 춘천에 있는 간호대학을 들어간 후, 솔이는 성호르몬에 관한 정보나 성전환 수술 후 부작용에 대해서도 혼자서 열심히 공부해 강이를 음으로 양으로 부지런히 챙겨주고 있다. 오누이 때보다도 더 살갑게 구는 게, 솔이 말대로 우리는 세 자매로 사는 게 차라리 더 잘 된 일인지도 모르겠다.

엄마의 부재와는 달리 우리 셋은 단 한 번도 아버지에 대한 이야기를 나눠 본 적이 없었다. 아니,

아버지라는 존재 자체를 애초에 생각조차 안 했던 것만 같다. 아버지가 서로 다 다른 것조차도 우리는 잘 느끼지 못했고 서로의 생부에 대해서도 별로 궁금해하지도 않았다. 엄마가 우리 셋을 하나의 성씨로 묶어 놓으셔서 그랬을까? 아무튼 우리 셋은 엄마의 빈자리가 너무나도 큰 나머지 아버지라는 존재 자체에 대한 기본적인 개념마저 싹틔우지 못했다. 나는 한때 내가 엄마 혼자 나를 잉태해 태어난 아이라고 생각하고 산 적이 있을 정도로 엄마의 존재는 내 삶에 있어서 꽤 강력했고 지배적이었다.

4

정월 대보름, 그날은 내 생일이었다. 날이 좋아 모두가 기억하기가 좋다고 나만 우리 집에서 특별히 음력 생일을 지냈다. 모처럼 강이와 솔이가 내가 있는 보광동 집에 다 모여 함께 밥을 먹기로 했다. 나는 동생들이 올 시간에 맞춰 오곡밥을 압력밥솥에 앉히고, 묵은 나물들을 챙겼다. 밤에는 보름달을 보면서 모처럼 우리 세 자매가 포도주도 한잔 마시며 부럼을 까기로 했다. 불린 나물을 채에 받쳐 물기를 짜고, 프라이팬에 들기름을 돌돌 두르고 있을 즈음, 둘째 강이가 먼저 집으로 들어왔다.

"어서 와, 강이야. 오랜만!!"

"언니, 생일 축하해. 자, 이거 받아!"

강이가 적포도주 한 병과 도톰한 새하얀 봉투 하나를 수줍게 쓱 내밀었다.

"어머, 강이가 언니한테 용돈을 다 주네. 고마워

라. 아이 러브 머니!!!! 근데, 오늘 솔이가 늦을 것 같네. 그냥 우리 둘이서 먼저 한잔할래?"

"좋아."

강이가 와인 코르크를 열고 있는 동안 나는 잽싸게 곤드레와 호박 나물들을 살짝 한 번 더 볶았다. 강이가 포도주를 잔에 따르고, 나는 볶은 나물들을 접시에 담은 후 오랜만에 서로 얼굴을 마주 보며 식탁에 앉았다.

"우리, 새해 복 많이 받자!"

짠 하고 서로의 잔을 부딪치며 눈을 마주쳤다.

"근데 강이야, 너 요즘 만나는 남자는 있니?"

"내 걱정 말고 언니, 너나 좋은 남자 좀 만나라. 언니는 내 롤 모델인데, 도대체 왜 혼자 청춘을 낭비하고 있어?"

배시시 강이의 쓴웃음이 짙은 루비색 포도주 잔 속으로 배어들었다.

"남자였을 때는 여자 같다고 하도 그래서 그게 스트레스였는데, 이제, 막상 여자가 되니까 이젠 또, 여기저기서, 내가 남자 같은 게 문제라네, 하~, 정말 이게 무슨 일이래."

"강이야, 네가 여자든 남자든 어차피 나한테는 별로 중요한 문제가 아니었어. 여동생이기 이전에 누가 뭐래도 넌 그냥 내 동생이야. 그리고, 여성스러운 게 꼭 여자의 본질은 아니라고 봐, 나는. 21세기잖아. 안 그래? 봐, 너는 저렇게 높은 구두도 나보다 더 잘 신고 다니고! 이미 충분히 나보다도 더 여성스러워. 솔이도 그러더라, 너 가슴 넘 부럽다고."

"그래? 언니, 함 볼래?"

"갑자기, 뭘?"

"내 가슴 말이야, 나, 쫌 맘에 들어. 잘된 거 같아, 수술이."

"어 … 그, 그래. 강이야."

나는 강이가 중학교에 들어가면서부터는 남동생이었던 강이의 몸을 본 적이 거의 없었다. 수술한 뒤 처음인 터라, 나는 강이의 가슴을 보는 일이 조금 두려웠다. 어쩌면, 현실을 받아들이기에 아직 준

비가 덜 되어 있다고 말하는 편이 더 옳을지도 몰랐다. 네일 숍에서 일하며 틈틈이 기계 태닝을 즐기는 강이의 몸은 검은 암표범처럼 탄력 있게 검은 윤기가 흐르고 있었다. 뒤돌아 거울을 보며 자신의 브래지어를 벗는 데 강이는 거침이 없었다. 강이의 뒤태는 어깨가 조금 넓은 것만 빼면 여자인 내가 봐도 완벽해 보였다. 강이가 나를 향해 돌아서며, 감싸고 있던 두 팔을 내려 자신의 가슴을 열어 보였다.

"만져봐도 돼?"

"응, 언니. 자~."

"그래, 이제야 실감이 나네."

강이의 가슴은 예상대로 완벽했다. 너무나 완벽해 도리어 여성미가 떨어질 지경이었다. 핑크색 유두가 강이의 가슴에 매우 이국적으로 달려 있었다.

"강이야~."

"언니~~."

만감이 교차했다. 우리는 서로를 꼭 안아주었다.

"언니, 생일 축하해."

강이가 사랑이 담뿍한 미소를 띠며 내게 생일 축
하를 해 주었다.

어느새 둘이서 포도주 한 병을 거의 다 비우고
있었다. 우리는 하루 종일 문자에 답도 없는 막내,
솔이의 뒷담화를 하며 시간을 죽이고 있었다.

"너~ 손톱 너무 예쁜 거 아냐?"

잔을 들고 있는 강이의 손에서 손톱이 반짝반짝
빛났다.

"아, 이거? 언니도 지금 해줄까?"

강이가 프로의 솜씨로 내 네일을 근사하게 만들
어 주는 동안 우리는 이런저런, 주로 남자에 관한
수다를 떨었다. 날이 조금씩 어둑어둑해지자 찔레
가 어디선가 숨어 자다가, 졸린 눈을 하고 나와서는
기분 좋게 취기가 오른 우리 둘에게 엉겨 붙으며 만
져 달라고 애교를 부렸다.

"찔레야, 우리 손톱 너무 이쁘지?"

내가 찔레에게 반짝거리는 손톱을 움직이며 어

색한 교태를 부리자, 강이도 질세라 나보다 더 손가락을 현란하게 움직이며 내게 말했다.

"근데, 언니! 솔이, 이 지지배, 오늘도 또 우리 둘, 바람 맞히는 건 아니겠지?"

"설마."

디디디디디

그때, 자동문 비번 누르는 소리가 현관 밖에서 들려왔다.

"왔다, 솔이 년."

강이와 내가 거의 동시에 문 쪽을 바라보며 외쳤다. 문이 열리고, 솔이가 삐죽 벽을 어깨로 문지르며 들어왔다.

"야, 거기서 뭐 해? 어서 들어와, 솔아."

강이가 솔이를 불렀다.

솔이는 신발도 벗지 않고 계속 현관에 서 있었다.

"저 … 언니…."

그 순간, 열려 있는 문틈을 비집고 귀에 익은 목

소리가 따라 들어왔다.

"나 왔다, 애들아."

엄마가 왔다.

5

엄마는 호프 무늬 코트를 벗어 의자 등받이에 걸
며 나와 강이가 앉아 있는 식탁에 앉았다. 오전에
외출해 반나절 에 돌아온 사람처럼 엄마의 말투
는 소름 끼치도록 자연스러웠고, 그런 엄마에게 사
무치게 반가운 음이 드는 내 자신이 나는 죽도록
혐오스러 숟가락이 밥그릇에 부딪치는 소리
만 들릴 지 으로 밥상머리는 절간처럼 조용했다.
사가 끝 자 내 눈치를 슬슬 보던 강이와 솔이가
슬그머 자리를 빠져나가 설거지를 하기 시작했
다. 장고에 좋은 포도주가 한 병 더 남아 있었지
, 나는 소주와 맥주를 꺼냈다.

"폭탄주나 한잔 마시고 얼른 가세요."

설거지를 하던 동생들이 손에 물기도 닦지 않은
채 갑자기 식탁으로 우르르 달려왔다. 둘째가 폭탄
주를 말았고, 우리 넷은 폭탄주를 한 잔씩 원샷으로

나눠 마신 후, 자기 나이 수대로 부럼을 깨물었다. 막내가 폭탄주를 말아 한 잔씩 더 돌렸고, 그다음에는 내가 말아 한 잔씩 또 돌렸다. 연거푸 폭탄주를 세 잔씩이나 마셨더니 뭔가 마음이 조금 누그러지는 것만 같았던 나는 엄마를 향한 증오심을 다시 다잡기 시작했다. 나는 있는 힘껏 엄마를 미워해야만 했다. 그게 동생들을 위해 내가 할 수 있는 유일한 길이라고 생각했다.

엄마가 담배를 한 대 피워 물었다. 나는 창문을 요란하게 열며 바로 환기를 시켰다. 분위기를 살피던 엄마가 창문 밖을 내다보더니 마침내 입을 열었다.

"이상하다, 아직 달이 안 보이네⋯."

"서울에는 언제 오셨어요?"

강이가 엄마에게 물었다.

"한 달? 근데, 강이, 너 진짜, 내 아들, 강이가 맞니? 애, 난 지금 네가 너무 낯설어."

"그러세요? 전 엄마가 더 낯설어요. 이제 길 가다 만나면 엄마를 못 알아볼 정도예요."

"그만하자, 모처럼 만인데…."

엄마가 다시 담배에 불을 붙이며 창문에서 한 발 물러섰다.

"진실을 말하면 엄마는 늘 그렇게 도망쳤어요."

내가 말했다.

"어머, 얘네들이 1대3으로다가 편먹고, 지금 나를…. 나는 얘, 그냥, 우리 아들이 이렇게 된 게 너무 마음이 아프고 … 또 … 그래도 내가 니들 낳아 준 엄만데 … 동생들도 보는데, 장녀인 네가 자꾸 그러면 못쓰지."

"이만 돌아가세요."

나는 더 이상 엄마의 말을 들어줄 마음의 여유가 생기질 않았다.

"얘. 여긴 내 집이야. 네가 뭔데 자꾸 가라, 마라니! 나 오늘 여기서 니들하고 자고 갈 거야. 나 못 가, 오늘 넘 추워."

"엄마!"

엄마는 갑자기 소주와 맥주를 유리컵에 한가득 따라 붓더니 폭탄주를 만들어 벌컥벌컥 마시기 시작했다.

"그리고, 나, 이 집 팔고 미국 들어갈 거야. 그때까지는 나 이 집에서 못 나가. 너희들, 그리 알아."

식탁에 앉아 폭탄주를 마시며 강짜를 부리고 있는 엄마를 우리 셋은 그저 바라볼 뿐이었다.

"엄마, 전 단 한 번도 남자였던 적이 없었어요."

강이가 침묵을 깨며 말했다.

"그게 무슨 소리니? 주님께서는 남자가 남색을 밝히면 지옥에 간다고 했어요. 불구덩이로 떨어진다고! 여하튼 간에 항문으로 하는 섹스는 안 돼요. 글쎄! 쯧쯧쯧. 이게 다 샘이, 저년이 하도 기가 세서 집안이 요상한 마귀한테 들씌운 게야. 거울을 봐라, 수술을 하면 뭐 하니? 너는 얼굴이 애초부터 남상이라니까. 게다가 넌 니 동생이나 누나처럼 원래부터 곱상하게 생기지도 않았잖니. 아후, 못살아. 쟤를 어쩌면 좋니."

그때 강이가 일어나 엄마 앞으로 아주 바짝 위협적으로 다가갔다.

"어머, 샘이야, 강이 좀 말려봐라, 얘 왜 이러니, 어머, 강이야, 절루 가, 너 왜 그러니?"

강이가 우리 모두가 보는 앞에서 입고 있던 옷을 하나씩 벗기 시작했다. 그리고 속옷까지 모조리 다 벗고는 엄마 앞에 다가섰다.

"엄마~~~."

솔이가 엄마 눈을 가렸고, 나는 마루에 떨어진 옷을 주워 강이의 몸을 되는 대로 우선 가렸다. 엄마가 솔이를 뿌리치며 소리를 지르기 시작했다.

"하나밖에 없는 지 남동생을 저 지경으로 만들어 놓고는! 그래, 장하다, 아주 참 장해. 장녀라는 게! 샘이 네가 막았어야지. 못 하게 막았어야지! 수술은 왜 해. 자지는 도대체 왜 떼냐구!!!"

엄마는 연신 가슴을 쓸어내렸다. 나는 강이에게 어서 옷을 입으라 신호를 주었다. 그때 엄마가 옷을 입고 있는 강이를 보며 말했다.

"휴우, 강이, 너! 지금 내가 하는 말 잘 들어. 너, 아까부터 보니까, 이 엄마한테 눈에 막 힘주고 대들 때 네 목에 있는 그 목젖이 아주 심하게 튀어나와 보이더라. 뭐, 내가 굳이 할 말은 아니다만 … 내가 말 안 해주면 이런 거는 절대 아무도 너한테 영영 안 해 줄 테니까 나라도 하는 거야. 난 네 엄마니깐. 알아듣겠니? 봐라, 너는 네가 아무리 여자라고 우겨도 내 눈엔, 내 맘속엔 너는 영원히 남자고, 언제나 내가 낳은 내 아들이야. 명심해, 너!"

할 말을 잃은 강이는 엄마를 잠시 노려보다가 미처 다 입지 못한 옷가지들을 힘없이 들고 그 길로 집을 나가버렸다.

"언니!!"

겁에 질린 솔이가 바로 강이를 쫓아 나섰다.

함께 부럼을 까기로 했던 내 동생들은 그날 밤 다시 집으로 돌아오지 않았다. 다시 침묵이 흘렀다. 강이가 올 때 신고 왔다가 벗어 놓고 간 굽이 아주 높은 파란색 구두 한 켤레만이 현관에서 엄마와 나를 노려보고 있었다. 이윽고, 엄마가 먼저 입을 열었다.

"샘아, 나, 물 좀 다오!"

나는 엄마에게 물 한 잔을 갖다 드렸다. 엄마가 핸드백에서 부스럭대며 뭔가를 뒤적이더니 곧 달그락거리는 하얀색 플라스틱 약병을 꺼냈다. 덜덜 떨리는 손으로 알 수 없는 그 약들을 입속으로 한 줌 털어 넣으며 걸진 트림을 "트흐~" 하고 길게 내뱉었다.

"엄마는 강이가 왜 저렇게 됐는지 진짜 모르시겠어요?"

"그건 또 무슨…?"

"기억 안 나세요? 스티브가…."

"스티브? 스티브가, 뭐?"

"스티브가 집에 오면, 술 마시고 집에 오는 날이

면…."

엄마가 바로 그 자리에서 벌떡 일어났다, 마치 내 입을 막으려는 것처럼.

"엄마는 다 알고 있었잖아요. 처음부터 전부 다!!!"

"아니야, 난 몰랐어. 정말 몰랐어, 처음에는 … 엄마라고 전부 다 알지는 못하는 거다. 더구나, 나처럼 애 셋에 먹고살기 바빴던 여자는 … 얘, 나도 무서웠어. 그때는 뭘 어찌해야 하는지 … 어차피 원래부터 난 좋은 엄마도 아니었잖니…."

나는 일어선 엄마에게 다가가 팔을 잡아 아래로 당겨 다시 자리에 앉혔다. 엄마는 속이 텅 빈 수수깡처럼 힘없이 의자에 주저앉았다.

"저도 그리 좋은 딸은 아니었어요"라고 엄마한테 말하고 싶었지만 차마 입 밖에 내지 못했다.

엄마는 겁에 질린 듯 한참 동안 초점 없는 눈으로 현관문을 바라보다가 내게 자포자기하듯 말했다.

"엄마 간다."

아주 오래전에 엄마는 떠난다는 말도 없이 우리를 남겨두고 떠났었다. 그때, 엄마가 없어진 집은 공간이 열 배나 혹 커져버린 것처럼 허전하고도 썰렁했다. 그때처럼 다시 집 안 분위기가 싸해지는 것이 내 피부 깊숙이 느껴지기 시작했다. 때마침 휘영청 떠 있던 보름달이 창문을 타고 방 안으로 들어왔다. 그날 밤 보름달은 생각보다 꽤 컸다. 갑자기 마룻바닥이 차갑게 와닿았다. 보일러가 꺼져 있었는지 집 안의 한기가 내 발바닥을 타고 심장까지 전해졌다. 순간 엄마가 머물다 간 초록색 나무 의자가 테이블 밖으로 삐딱하게 나와 있는 것이 몹시 거슬리게 보였다. 나는 우리 집에 남아 있던 엄마의 기운을 방 안에서 내몰기라도 하듯 마루 커튼을 휙 젖히고, 창문도 양쪽 끝까지 활짝 열었다. 차가운 공기가 은빛 달빛을 타고 방 안으로 스며 들어왔다.

"아, 청소기나 한판 돌려야겠다!!"

휘~리릭,

순간 보름달이 내 두 눈앞에서 사라졌다가 다시
보였다.

마루 한쪽에 세워 둔 고장 난 앤티크 괘종시계는
벌써 15년이 지나도록 열 시 십 분을 가리키고 있
었고, 정수리 위에서는 쭈뼛쭈뼛 그 무엇이 솟아나
기 시작했다. 결국에 엄마는 별명이 말의 씨가 돼,
내가 살고 있는 집 옥상에서 떨어져 우리 곁을 떠났
다. 나는 스스로 목숨을 버린 엄마를 영원히 용서할
수 없을 것만 같았다.

드드득,

그때 내 휴대폰으로 문자 메시지 하나가 들어왔
다. 그것은 엄마로부터 온 마지막 메시지였다.

샘이야, 엄마 먼저 간다. 부디, 이 엄마를 용서하
지 말거라.

6

엄마는 이태원에서 '메기즈홈(Maggie's Home)'이라는 앤티크 가구점을 운영했었다. 용산에 사는 외국인들이 자기 나라로 돌아갈 때 버리는 (혹은 버리기에는 아까운, 상태가 나쁘지 않은) 가구들과 소품들을 사들여 되팔았고, 가끔은 인천 어딘가에서 배로 들어온 출처를 알 수 없는 물건들을 떼어다가 리폼을 해 꽤 비싸게 되팔기도 했다. 엄마는 수완이 아주 좋았다. 어느 날, 엄마는 사들인 가구들의 리폼 작업을 도와주던 용산 미군 부대에서 군무원으로 일하던 '스티브'라는 백인과 눈이 맞았고, 1년간 연애를 하는가 싶더니 우리 셋을 헌신짝처럼 버리고 연기처럼 사라져 버렸다. 친척이라고 하기에도 애매한, 파주댁 할머니에게 우리 셋을 맡기고는 편지 한 장도 없이 사라져 버렸다. 파주댁 할머니는 엄마와 우리가 함께 살았던 이 집으로 어느 날 갑자기 작은 보따리 하나를 싸 들고서는 이사를 들어왔다. 그리고, 다음 달이면 엄마가 온다고 1년이 다 되도록 '다음 달' '다음 달' 하면서 우리를 속였다. 나도 처음에는 동생들을 달래가며 목이 빠져라 엄마를 기다리고 또 기다렸지만 엄마는 결국 돌아오지 않았다. 그때, 내 나이 겨우 열네 살, 둘째가 나보다 두 살 어렸고, 막내는 고작 일곱 살이었다. 50년 같았던 5년이 흐르고, 나는 고3이 되었다. 우리를 돌봐 주시던 파주댁 할머니는 개학 전날, 우리 셋과 함께 저녁을 잘 차려 드시고는 그날따라 몸이 좀 고단하다 하시곤 일찍 잠자리에 드셨고, 다음 날 새벽께 유언도 한마디 못 남기시고는 그 길로 그냥 우리 곁을 떠나셨다. 돌아보면 파주댁 할머니도 참으로 고독한 인생을 살다 가신 거겠지만, 그래도 말년에 우리 셋과 함께 지내게 된 인연에 대해 늘 고맙고 다행이라며 입버릇처럼 말하시곤 하셨다. 특히 둘째 강이를 사내아이라고 눈에 보이게 편애하셨었는데 할머니가 돌아가시자, 강이는 거의 한 달이 넘게 밥도 제대로 못 먹을 정도로 슬퍼했었다. 그렇게 우리는 다시 덩그러니 셋만 남게 되었다. 엄마는 처음 2-3년 동안에는 불규칙적이나마 우리에게 생활비를 보내왔지만 나중에는 연락조차 잘 닿지가 않았다. 파주댁 할머니가 돌아가시고, 내가 고등학교를 졸업한 직후, 생활비가 점점 바닥이 나자 한번은 급한 마음에 구인 광고 사이트를 보고 아르바이트 면접을 보러 간 적이 있었다. 면접을 보러 간 곳은 '콘셉트 토킹바'라는 곳이었는데, 그 이름도 정체도 참으로 해괴한 곳이었다. 전화로 문의했을 때 대뜸 나보고 키가 얼마냐고 묻길래 전화를 끊으려 하자, 그냥 앉아서 아저씨들 이야기만 좀 들어주는 일인데 이렇게 쉬운 일이 세상에 또 어디 있겠냐며 한번 와보라고 나를 회유했다. 술은 안 따라도 되고 그냥 예쁘게 앉아 웃고 있으면 된다고 나를 안심시켰다. 시급이 이상하리만큼 높았고 돈이 절실했기에, 용기를 내 다음 날 면접을 보러 나갔다. 구레나룻이 느끼하게 생긴 매니저라는 작자가 담배 냄새가 나는 입으로 내게 말했다.

"여긴 유니폼 입고 일하는 데라서 … 자, 이거 한 번 입어 봐. 사이즈 좀 보게. 이래 봬도 여기, 나름 경쟁이 치열한 곳이거든."

그 작자가 내민 유니폼이라는 것은 치마가 민망할 정도로 아주 짧은 야광 핑크색 간호사 복장이었다. 나는 잠시 망설이다 못 할 일도 아니다 싶어 용기를 내 물었다.

"저, 어디서 갈아입으면 되죠?"

"응, 여기서."

"네?"

"거 참, 내숭은. 내 앞에서 갈아입어야 사이즈를 체크하지."

부들부들 내 손이 떨렸다. 들고 있던 유니폼을 소파 위에 내려놓은 뒤, 그 작자의 얼굴을 쌔려보았다. 그 작자가 무안한 듯 내게 말했다.

"뭐? 뭔데?"

7

    나는 그곳에서 일했다. 중고 바이크를 하나 사, 그것을 타고 오후 8시에 출근해 다음 날 새벽 2시가 되면 퇴근을 했다. 바이크는 내가 술을 마셔야 하는 상황을 피할 수 있는 아주 편리한 변명이 되어 주었다. 그 재수 없었던 매니저는 처음에는 난리를 쳤지만, 한 달이 못 돼 내 고정 손님이 크게 늘자, 눈에 보이게 나에 대한 대우가 달라졌다. 심지어, 손님들이 시켜주는 내 술에 알코올을 타는 척만 하고 실제로는 타지 못하도록 미리 바텐더에게 지시까지 해 주었다. 그곳에서 나는 '엔젤'이라는 닉네임을 썼는데 꼭 내가 나 아닌 다른 사람인 것만 같았다. 사실 나는 비정상적일 정도로 성욕이 매우 강한 편이었고, 그것으로 인해 언제나 큰 죄책감을 느끼곤 했었다. 하지만, '엔젤'이라는 나의 새로운 이름은 나에게 성적인 해방감을 부여해 주는 것만 같았다. 때문

에, 그곳에서만큼은 나에게 들이대는 낯선 남성들
이 내 몸을 원하는 걸 어렵지 않게 받아들였고 성적
대상화의 패턴에 점점 더 깊숙이 빠져들었다. 그리
고 다음 날이면 그 기억들을 바로 내 머릿속에서 지
워버렸다. 나는 기억을 지우며 "난 괜찮아" 하고 나
에게 말하고 있었다. 하지만, 여전히 나는 평범한
상황에서는 절대로 성적인 오르가슴에 도달할 수
가 없었다. 어찌 보면, 오르가슴이란 것 자체가 나
에게는 사치였을지도 모른다. 비록 그곳에서 일어
난 일들 중 많은 걸 기억하고 있지는 못해도, '엔젤'
로 살았던 그 시기에 나는 몇 번의 황홀한 성적인
오르가슴에 도달했던 걸 생생하게 기억한다. '엔젤'
은 그간 억눌러 왔던 모든 것들을 해소하는 데 거침
이 없었다. 덕분에 피학적인 성향이 강했던 내가 조
금씩 가학적인 성향에 눈을 뜨기 시작했다. 새로운
가학적 성향은 세상으로부터 나를 지키는 데 꽤 도
움이 되는 것만 같았다. 그즈음, 나는 일하던 그곳
에서뿐 아니라, 집에서도 길에서도 '엔젤'로 말하고,

행동하고, 생각했던 것 같다. 나는 그것이 나에게
좀 더 안전하다고 느껴졌고, 늘 자신감이 충만했다.
하지만, 머지않아 나는 내가 기억하지 못하는 임신
을 하게 되었고, 엄마와 우리가 떠올랐다. 그것은
분명 내가 원하는 삶이 아니었다. 기억하지 못하는
아이를 지우며, 그 기억마저 지우려 했지만 소용이
없었다. 나는 결국 그곳을 그만두어야만 했다. 야
광 핑크색 간호사 복장을 반납하면서, '엔젤'도 유니
폼 속에 잘 개어 두고 그곳을 빠져나왔지만, '샘'이
를 되찾아 나올 수는 없었다. 나는 맨 처음 그곳으
로 들어갔을 때의 '나'로 다시 돌아갈 수가 없었다.
내가 누군지 더 이상 잘 알지 못했다.

　나는 엄마가 우리처럼 버리고 간 이태원 앤티크
가구 가게를 정리하기 시작했다. 막상 정리라고 해
봐야 그간 방치된 가게에서 쌓인 빚을 정리한다고
해야 더 맞는 말이었지만…. 나는 화물 운송 종사
자격증을 딴 후, 가게를 정리하고 쥔 몇 푼 안 되는

돈으로 중고 트럭 한 대를 겨우 샀다. 그리고 용산구 산천동과 도원동 일대에서 (여자들은 거의 하지 않는) 소화물 화물 운송을 하는 택배 기사가 되었다. 택배 일은 적성에도 맞고 벌이가 좀 되었다. 어떻게든 우리 셋은 먹고살 수가 있었다.

그러나, 서울은 여자인 내게 자주 무례했고, 내 직업을 대부분 하대했다. 내가 없는 나를 사랑할 수 없었다. 그래도 나는 나를 포기할 수 없었다. 너덜거리는 내 청춘의 몸과 마음에도 내 삶은 아직 한 줄기 빛으로 남아 있었다.

왜냐면, 나는 장녀였으니까….

8

불길한 느낌은 언제나 맞는다. '까대기'* 할 때부터 뭔가 기운이 불길했던 그 십자가 모양의 박스는 결국 뒤에서 나를 덮치고 말았다. 다행히 박스는 보기에만 거창했지 생각보다 그리 무겁지는 않았다. 그래도 그 바람에 아파트 동별로 분류해 둔 택배 박스들이 한데 뒤섞여 버리고 말았다. 삼십 분을 또 날린 셈이었다.

"휴~, 15동은 정말 노 답!"

저항할 수 없을 정도로 무겁지는 않았지만, 왠지 조금만 더 그 박스에 눌린 채 그 상태로 가만히 있고 싶었다. 깔려 있는 동안 나는 묘한 해방감이 들었다.

---

* 택배 물류작업장, 컨테이너 벨터에서 구역별로 분류 및 상차 작업을 뜻하는 은어

"이상하다, 분명 제일 안쪽에 잘 짱 박아 기대어 둔다고 됐는데….''

자리를 털고 일어나 앉아 박스의 찌그러진 모서리를 대충 잡으며 폈다. 조립을 하면 도대체 어떤 모양의 선반이길래 굳이 이런 십자가 모양으로 박스 포장을 했을까 의아했다. 운송장이 스치듯 눈에 들어왔다.

취급주의 (파손 우려)
재질: 메탈, 나무
조립식 앵글 선반 5단 400 × 2100 mm

도원동, 그 아파트 15동에는 하루건너 택배를 시켜 받는 남자가 살고 있었다. 남자는 내가 여자 택배기사라는 걸 제대로 악용하는 듯했다. 한번은 샤워를 하다 나온 척 수건만 두르고 문을 열고 나오기도 했었다. 나는 어느 순간부터인가 그냥 문 앞에 물건을 던져두고 와 버렸다.

그 뒤로 그 남자는 고객 불만 사항을 접수하려는지 영업소에 수도 없이 전화를 걸어와 영업 소장과 실랑이하며 내 이름과 연락처를 집요하게 물어봤다고 했다. 십자가 모양의 그 재수 없고 기괴한 박스는 바로 그 남자가 수취인으로 돼 있었다.

"변태 새끼!"

나도 모르게 입에서 욕이 튀어나왔다. 장마가 곧 시작되려는지 아침 일찍부터 아파트 입구 제과점 간판이 날아갈 정도로 돌풍이 세게 불어댔다. 오전 11시가 조금 지나자 송장의 글씨가 제대로 보이지 않을 정도로 하늘이 깜깜해졌다. 비가 조금씩 내리기 시작했지만 나는 비가 그칠 때까지 트럭 안에서 대기하지 않고 그냥 배송을 이어갔다. 비가 조금씩 잦아들었지만, 15동 입구는 언제나 그날의 마의 코스였다. 주차장도 일 년 내내 운행을 하지도 않는 차들로 늘 빈자리가 없었다. 덕분에 15동에서는 배송 트럭을 아파트 입구에 바짝 댈 수조차 없었다.

멀찍이 떨어진 어딘가에 차를 주차시키고 거기부터 경사진 언덕을 넘어 15동 입구까지 배송 물건들을 직접 날라야 했다. 그날은 다행히 한 번만 움직여도 될 정도로 물량이 많지는 않았지만 그 기괴한 십자가 모양의 박스가 골칫거리였다. 오른손으로는 박스 여섯 개를 실은 카트를 끌고, 십자가 모양의 선반을 세워 왼쪽 어깨에 지고 언덕을 오르기 시작했다. 그런데, 박스의 길이가 너무 길다 보니 어쩔 수 없이 끝이 바닥에 질질 끌렸다. 갑자기 다시 비가 세차게 내리기 시작했다.

타타타탓 타타타탓

주차장 뒤편에 쌓아둔 재활용 쓰레기들이 비를 맞으며 요란한 소리를 내기 시작했다. 그 소리가 마치 누군가의 짐을 짊어지고 언덕을 올라가는 나에게 야유를 보내는 듯 선정적으로 들렸다. 15동 현관은 다가가는 만큼 점점 더 뒤로 멀어졌고 운동화는 한 발을 뗄 때마다 빗물을 한 움큼씩 발등으로 토해 냈다.

띠이~ 띠이~

15동, 21층 2101호의 벨을 두 번 눌렀다. 십자가 모양의 선반을 시킨 남자가 문을 열고 나오기 전에 잡아 둔 엘리베이터를 타고 최대한 빨리 그곳을 벗어나리라 마음먹었다. 초인종을 누름과 동시에 엘리베이터 내려가는 단추를 눌렀다. 그러나, 엘리베이터 문은 야속하게도 곧바로 닫혀 버렸고 나는 간발의 차로 그 엘리베이터를 놓치고 말았다.

장을 담갔다.
그사이 많은 일들이 일어났으며,
또 아무 일도 일어나지 않았다.

9

정월 대보름이 지나면, 집에서는 며칠씩 콤콤하
고 구수한 냄새가 가실 날이 없었다. 파주댁 할머니
께서는 해마다 메주콩을 사다가 삶고 쪄어 메주를
직접 띄워 장을 담곤 하셨는데, 돌아가시던 그해에
는 힘에 부치신다며 우리 셋을 시켜 다 삶은 메주콩
을 동네 방앗간에 들려 내보내셨다. 삶은 콩이 식기
전에 메주콩을 갈아와야만 메주가 잘 쒀진다고 신
신당부를 하셨기에, 우리 셋은 메주콩을 갈자마자
두 손에 받아 들고는 한달음에 집으로 내달렸다. 그
날 저녁, 막내 솔이는 메주콩 갈아 놓은 걸로 뭔가
를 만들다가 먹는 거로 장난친다고 할머니한테 야
단을 맞았고, 그다음 날, 둘째 강이는 자기 머리에
서 똥 냄새가 난다며 친구들한테 놀림을 받았다고
하루 종일 울고불고 한바탕 난리를 피웠다. 지나고
나니, 해마다 무슨 의식이나 되는 것처럼 파주댁 할

머니와 함께 장을 담갔던 그 시절들이 새삼스럽고 그립다. 덕산계곡에 엄마를 보내고 오던 길, 장터에서 우연히 재래 메주를 팔고 있었다. 한 치의 망설임도 없이 메주를 사서 애지중지 가슴에 싸 들고 서울로 돌아왔다.

돌아오는 차 안에서 강이가 내게 걱정스런 눈빛으로 물었다.

"언니, 근데 장 담글 줄은 알아? 할머니가 하는 거만 봤지, 할 줄 아냐고?"

"글쎄, 장 담그는 거, 그거 별로 안 어려워. 소금물에 이 메주들 넣으면 그게 끝이야. 하다가 헷갈리면 유튜브 찾아보지, 뭐."

"말도 안 돼!"

솔이도 내 말을 못 믿는 눈치였다. 하지만, 나는 파주댁 할머니 어깨 너머로 무한 반복했던 내 추억과 기억에 자신이 있었다.

"너희들은 먹기만 했지 간장, 된장이 뭔지 관심

도 없었으면서…. 있잖아, 이 메주들을 소금물에 넣
으면, 처음에는 얘네들이 동동 떠. 근데, 몇 달 지나
면, 메주들이 물을 먹어서 가라앉을 때가 오거든.
그럼, 그때 소금물에서 으스러진 메주들을 잘 건져
내면 그게 된장이야. 그리고, 남아 있는 소금물이
검게 익으면 그게 간장이 되는 거고."

　사실, 장 담그는 일 자체는 별 어려운 일이 아니
다. 오히려, 장을 담그고 난 후가 더 어려운 나날의
연속인 것을 동생들은 아직 잘 몰랐다. 하루가 멀다
하고 들여다보고, 장 뚜껑을 열었다 닫았다 온갖 관
심과 정성을 기울여야만 장이 맛있게 익는다. 장은
사람이 담그는 것처럼 보이지만, 결국에 사람은 그
저 메주와 소금물을 적당한 비율로 조립하는 역할
을 할 뿐, 시간이, 바람과 볕이 장을 완성하는 것이
라는 것을 나도 동생들처럼 처음에는 잘 알지 못했
다. 파주댁 할머니의 목소리가 아직도 내 귓가에 맴
돈다.

"이 도가지 속에 니거미랑 이름이 똑같은 메주, 그거시 딱 드러가 있어붕께, 니거미라고 생각함서 잘 봐라잉, 알았재?"

엄마가 우리를 버리고 간 처음 1년 동안 나는 엄마를 매일 기다리며 간장독 안을 들여다보곤 했다. 엄마가 보고 싶을 때면 보채는 동생들 몰래 간장독을 안고서 반나절을 내리 운 적도 있었다. 그때는 간장 냄새만 맡아도 목이 다 멜 지경이었다. 우리집 간장이 짠 이유는 간장이 하도 내 눈물을 먹어 그리 짜게 변한 거라 생각한 적도 있었다. 그런 슬픈 기억 때문이었는지는 몰라도 나는 파주댁 할머니가 돌아가신 뒤에는 더 이상 집에서 장을 담그지 않았다. 그런데, 엄마를 보내고 오는 길목에서 바람결을 타고 온 메주 내음을 맡으며 나는 다시 집에서 장을 담그고 싶은 마음이 본능적으로 솟구쳤다. 그 시절처럼 다시 엄마를 그리워하며 살 수 있는 것도 아닌데, 다시 돌아올 엄마 따위는 이제 있지도 않은

데 … 이제 더 이상 간장독에 매달려 울고불고할 그
리움이 내게 남아 있지도 않은데 … 나는 왜 다시
장을 담그고 싶어졌을까? 그 까닭을 알 수가 없어
나는 그저 엄마의 명복을 빌며 장을 담갔다. 준비할
때부터 입 밖으로 단 한마디의 소리도 내지 않으려
신경을 쓰면서 마음을 비우고 항아리를 소금물로
채웠다. 메주를 넣은 후, 숯과 마른 고추도 함께 넣
었다. 파주댁 할머니가 장을 담그며 내게 늘 입버릇
처럼 하시던 말씀이 생각났다.

"오메, 정월 달에, 그거시도 대보름에 태어나 부
러가꼬 … 시방 니는 음기가 허벌나게 쎄불어야. 장
담글 때, 음기가 너무 쎄믄 거시기 해붕께, 니는 한
마디도 허지 말고 쬐까만 저 짝에 가 있어라."

21세기를 살고 있는 여자아이가 들을 이야기는
분명 아니었지만, 엄마 없이 할머니랑 살고 있던 나
같은 여자아이는 그런 이야기를 아무렇지도 않게
들었고, 또 대수롭지 않게 들을 수도 있었다. 원래
정월 대보름 전후로 담그는 정월 장은 상대적으로

이월 장이나 사월 장에 비해 숙성기간이 길어 훨씬 맛이 깊다. 파주댁 할머니가 내 음기를 운운하며 나를 윽박지르실 때마다 나는 언젠가 꼭 다른 달에 태어난 여자아이들보다 훨씬 더 속이 깊은 어른이 될 거라고 다짐하곤 했다.

장을 다 담그고 나니, 긴장이 풀렸는지 온몸에 맥이 축 빠졌다. 그저 조그만 항아리에 장을 담갔을 뿐인데, 항아리를 보고 있자니 이 장 단지가 든든한 보물단지처럼 나와 동생들을 지켜 줄 것만 같았다.
"엄마, 좋은 데로 가셔서, 부디 우리를 지켜주세요."
나도 모르게 항아리를 빙자해 엄마에게 말을 하고 있었다.

그날 밤, 샤워를 하고 기분 좋게 잠옷으로 갈아입으려는 나에게 찔레가 잠투정을 부리러 슬며시 다가왔다.

"야~~아 옹"

나는 아직 아무것도 걸치고 있지 않았지만, 내 발밑을 한 바퀴 크게 돌고 있는 찔레를 기다려 주기로 했다. 내 가랑이 사이로 '8'자를 그리며 한 바퀴 돌고 난 찔레는 마루로 천천히, 아주 천천히 걸어 나갔다. 찔레의 뒷모습은 평소의 모습과는 사뭇 다르게 몸집이 좀 커 보였고, 털에서도 금빛 광채가 나고 있었다. 홀린 듯 알몸으로 찔레를 따라 마루로 나갔다. 찔레는 장이 담긴 항아리 앞에서 멈춰서더니 나를 쓱 올려다보았다. 우리 둘의 눈이 마주쳤다.

"야~~아옹"

"어라, 도대체 누가 뚜껑을 … 분명히 내가 장독 뚜껑 잘 닫아 뒀었는데…."

찔레가 열려 있는 간장독을 자기 몸에 바싹 감더니 독 안으로 훌쩍 뛰어 들어갔다. 그러고는 그 속으로 찔레가 홀연히 사라져 버렸다.

"미, 미쳤어, 찔레! 찔레야~~~ 안 돼."

꿈을 꾸고 있었다.

찔레는 내 발치에서 코를 박고 떡실신해 자고 있
었다. 나는 찔레가 싫어할 줄 알면서도 찔레를 끌어
다 내 배 위에다 올려놓고는 눈을 맞추고 싶어졌다.

"니~~~이아아아"

찔레가 빠져나가려고 몸부림을 치기 시작했다.

"이래도 싫어? 이래도???"

찔레의 귀를 잡고 내가 마사지를 해주기 시작하
자, 찔레는 이내 갸르릉대며 얌전해졌다. 그리고,
잠시 눈을 감고 즐기던 찔레가 슬며시 자기 코를 내
얼굴 쪽으로 가져와 대더니 입을 톡 맞췄다.

"아이 예뻐, 우리 찔레는 뽀뽀냥이네, 뽀뽀냥."

찔레가 기분이 좋은지 계속 갸르릉거렸다. 한쪽
눈을 잃은 찔레가 늘 안쓰러웠지만 나는 그 이유만
으로 찔레를 동정하기는 싫었다. 나는 나를 만나기
전 찔레의 삶을 전혀 알지 못한다. 추운 겨울날, 죽
을 고비를 넘기기 위해 필사적으로 내 차 안으로 숨

어들었을 찔레에게 나는 쉬운 동정 대신 진심 어린 경의를 표하고 싶었다. 그의 투철한 생존 의지에 대해 값싼 동정은 맞지 않았다.

"우리 찔레는 참 좋겠네! 맨날 자동으로 윙크할 수 있어서…."

윙크를 보내주던 찔레가 갑자기 내게 화답했다.

"난 말이야, 보기 싫은 건 안 보이는 눈으로 보고, 보고 싶은 건 보이는 눈으로 본단다. 그렇다고, 이 한쪽 눈으로 내가 못 보는 세상은 없어."

언제부터인지는 모르지만, 찔레는 내 모든 것을 보고 있었고, 또 모든 것을 그렇게 눈감아 주고 있었다.

나 혼자 장을 담갔던 그날 밤, 그간 보이지 않았던 새로운 세상이 서서히 보이기 시작했다. 나는 두 눈이 멀쩡한데 보고 싶은 것도, 보고 싶지 않은 것도 다 외면하려는 듯 살아왔다. 세상을 향해 내 두 눈을 크게 떠야만 할 시간이 그렇게 점점 내게 다가오고 있었다.

10

    나는 배송 중에는 점심을 잘 먹지 않았다. 시간을 따로 내기도 어려웠을뿐더러, 배송 조끼를 입은 채 식당이나 편의점에 들어갈 때 견뎌야 할 시선들이 때로는 불편했다. 물론 한 지역에서 몇 년 동안 배송을 하게 되면 그 지역 주민들과 안면도 생기고 일하는 게 좀 편해질 만도 했지만 사실 내게는 심한 안면 인식 장애가 있었다. 눈을 마주치고도 인사를 잘 못 하는 이유는 스스로 내가 아는 사람인지 늘 쉽게 판단이 잘 안 섰기 때문이다. 그래도, 상대가 자기가 누구라고 이야기를 해주면 그 사람의 얼굴이 보이긴 했다. 그래서 지역 주민들과 자연스럽게 인사를 주고받는 것조차 처음 1년간 내게는 참으로 버거운 일이었다. 아무튼, 처음부터 점심을 굶고 저녁까지 내리 일을 하는 게 차라리 마음이 편했다. 그리고 그때 습관이 그대로 굳어져 점심을 먹지 않는 게 오히려 나중에는 더 편하게 되어버렸다. 간헐적 단식을 하고 있다고 생각하면 그리 배가 고픈지도 몰랐다. 그러다 작년 추석 명절을 앞두고 배송 물량이 폭주해 연일 새벽 4시부터 자정 넘게 아무것도 먹지 않고 내리 배송을 해야만 했을 때에는 사정이 조금 달랐다. 영업소로 추가 물량을 가지러 아파트 상가를 빠져나가다 신호에 걸려서 잠시 정차하고 있을 때였다. 열린 차 창문을 넘어 어디선가 분명 한번쯤 맡아 본 적이 있는 것 같은 황홀한 냄새가 나를 유혹했다. 그것은 햄버거 패티 굽는 냄새였다. 좀 더 정확하게 표현하자면, 그것은 장작으로 직화구이를 하고 있는 고기 냄새였다. 나는 차를 반사적으로 세우고 사이드 브레이크를 걸었다. 그리고, 냄새를 쫓아 '브루터스'라 쓰인 간판이 걸린 햄버거 가게로 들어갔다. 메뉴는 '오리지널 버거'와 '비건 버거' 이렇게 딱 두 개뿐이었지만, 햄버거 패티뿐 아니라 채소까지도 모두 가마에서 구워서 만드는 참나무 장작 직화구이 햄버거였다.

"오리지널 햄버거 하나랑 콜라는 얼음 빼고 주세요."

"더블 패티는 추가 요금 이천 원입니다. 감자튀김 하시면 세트 메뉴로 가능하신데요."

머리가 아주 짧은 여자 알바생이 영혼 없이 친절하게 내게 물었다.

"음, 감자튀김은 됐고요, 패티 추가할게요."

내가 재촉하듯 그녀에게 말했다.

나는 창문 밖이 내다보이는 구석 자리에 앉아 햄버거를 한 입 베어 물었다. 몰캉몰캉 아기 궁둥이 같은 햄버거 번 사이로 참나무 장작에 구운, 육즙 가득한 패티가 구운 채소들과 함께 입안으로 빨려 들어왔다. 순식간에 고단한 내 하루가 입안에서 녹았다. 그 집 햄버거는 정말로 맛이 좋았다.

그때 가게 안에는 나 말고 다른 손님이 단 한 명도 없었다. 그러나, 카운터 뒤쪽으로 얼핏 보이는 주방은 밖에서도 느껴질 정도로 매우 바쁘게 돌아가고 있었다. 사장으로 보이는 남자가 혼자서 분주하게 햄버거를 만들고 있었다. 흰색 유니폼에 주방용 투명 플라스틱 위생 마스크를 쓴 남자가 잠시 주방에서 나와 알바생에게 무어라고 지시를 하고는 들어갔다. 순간 조금 이상하다는 생각이 들었다. 손님도 없는데 주방이 왜 저렇게 바쁠까? 그러나, 그 의문은 햄버거를 다 먹기도 전에 금방 풀렸다. 배달원들이 수시로 가게를 드나들며 배달 앱으로 주문받은 햄버거를 연신 픽업하고 있었다. 알바생은 열심히 음료를 뽑아 햄버거와 함께 포장을 마무리했다. 그 가게는 겉으로는 말랑거리는 햄버거 번처럼 평온해 보였지만 실제로는 먹어봐야만 알 수 있는 육즙 터지는 패티처럼 에너지가 차고 넘치는 가게였다. 게다가, 그곳에는 내가 신경 쓸 사람이 하나도 없었고, 가게 사람들조차 나에게 신경 쓸 여유가 없어 보여서 나는 그곳이 꽤 안전하다는 기분이 들었다. 그 뒤로도 나는 시간이 날 때마다 '오리지널 햄버거'를 콜라와 먹으러 그 가게에 들렀다.

그러나, 나는 단 한 번도 '비건 버거'를 주문한 적
은 없었다.

11

5월이 되었어도, 나의 일상은 별반 달라지지 않았다. 새벽에 당일 배송할 물건들을 가득 싣고 나가서 밤까지 하나하나 주인을 찾아 주는 일의 연속이었다. 그날의 배송을 남김없이 다 마칠 때면 마음이 개운했지만 어느 순간부터는 오히려 뭔가 허무한 기분이 들기도 했다. '삶의 미세한 변화라도 일어났더라면 조금은 덜 고독할 수도 있었을 텐데…' 하며 혼자 생각하기도 했다.

고독으로 꽉 채워진 장독 뚜껑을 열어 보았다. 장을 담그고 나서 벌써 두 달 가까이 지났다. 겉으로는 아무 일도 없이 그저 고요하게 보였지만, 항아리 속에서는 매일 조금씩, 아주 미세하게 무슨 일들이 치열하게 벌어지고 있었다. 그날 밤, 약간 거무스름하게 변한 액체 표면 위로 작고 하얗게 생긴 무

엇인가가 피어오르는 게 보였다. 파주댁 할머니가
늘 학수고대하시던 장 꽃이었다.

"아, 다행이다. 폈구나. 이제 이게 피었으니, 장
맛이 아주 좋아지겠네."

장 꽃을 보고 나니 내 마음도 조금 놓였다. 생긴
것이 '눈 결정체'라 하기에는 다소 불규칙적이었고,
'우담발라'라 하기에는 실낱같은 줄이 달려 있지 않
았다. 파주댁 할머니께서 돌아가시고 난 뒤 한동안
장을 담그지 않았건만 보이지 않는 이 작고 신비한
미생물들이 이 집 어딘가에서 나와 함께 그간 쭉 같
이 살고 있었음을 어렴풋이나마 확인하게 되는 순
간이었다. 보이지 않는 것들이 내 눈 속으로 들어
오는 것을 느꼈다. 내 눈도 이제 찔레의 보이지 않
는 한쪽 눈처럼 보이지 않는 것들을 느낄 수 있게
되었다.

그날 밤, 나는 내 영혼에도 저 성스러운 장 꽃들
이 꼭 피어나 주기를 간절히 기도했다. 내 삶이 고

독으로 갈기갈기 분해돼 결국 아무런 소용도 없이 허무하게 부패해 버리는 대신에 사랑을 회피하지 않을 만큼 뜨거운 용기로 발효돼 다시 한 번 이번 생을 살아 보고자 하는 용기가 생길 수 있도록 말이다. 종일 열어 두었던 장독을 자기 전에 한 번 들여다보고 뚜껑을 닫는 일이 어느덧 내 하루를 마감하는 일종의 의식이 되어 가고 있었다. 피어오른 기묘하고 신비한 장 꽃들을 찔레와 함께 신기하게 들여다보는 것이 그때는 내 인생의 유일한 낙이자 소소한 일상의 행복이었다.

그날 밤, 그렇게 장 꽃이 피었다.

12

    미세먼지가 유독 심했던 5월의 맨 마지막 날, 퇴근을 해 집으로 돌아와 보니, 강이가 오른쪽 눈에 시퍼렇게 멍이 들어서는 나를 기다리고 있었다. 그제야 비로소 정신이 번쩍 들었다. 그간 얼마나 감사하고 지루한 '고독함'이었던가! 강이는 그동안 사랑하는 남자가 생겼고, 휴대폰 사진으로 본 강이의 '그 사랑하는 남자'는 온몸에 문신이 있었다. 둘은 대부분 사이가 좋았지만, 어쩌다 한 번 어그러지면 서로가 서로에게 그토록 사납고 폭력적일 수가 없었다. 나는 강이를 그 누구보다도 가장 잘 알고 있다고 믿어 왔지만, 도무지 그 지점에서는 이해가 불가능했다.

    "강이야, 서로 잠시 동안만이라도 좀 떨어져 있는 게 어때?"

"언니, 그게 … 나도 그러려고도 해봤지. 근데 우린 둘 다 하루라도 안 보면 서로 너무 힘들어…. 언니는 아마 이해할 수 없을 거야."

"아니, 만난 지 백 일도 안 됐다면서?"

"그런 말이 어디 있어? 사랑의 깊이는 시간의 길이와 상관이 없는 거야, 언니. 그냥 있는 그대로 우리를 좀 봐 줬으면 좋겠어."

어느새 사랑에 대해 최고 전문가가 된 강이가 '남자도 없는' 나를 무시했다. 강이가 나를 무시하다니, 나는 잠시 흥분했고, 불쾌했으며, 곧 동생이 괘씸해졌다.

"강이야, 이런 게 바로 데이트 폭력이야. 또다시, 폭력적인 거에 익숙해지면 안 돼, 절대로 … 제발…."

"폭력이라니 … 무슨 소리 하는 거야? 다투다가

좀 긁힌 것 가지고서 폭력이라니…. 언니야말로 어
릴 적부터 정말 폭력적이야. 내가 모를 줄 알지? 나
다 기억나, 그거 언니였잖아, 계단에서 스티브 밀어
서 굴러 떨어지게 한 거. 그래서 스티브가 치를 떨
며 엄마랑 도망간 거잖아. 언니야말로 도대체 왜 이
렇게 아직까지 남자한테 유독 방어적이야?"

"방어적이라 … 할 말이 없구나. 근데, 맹세코 나
스티브 민 적 없어. 스티브가 혼자서 굴러 떨어진
거지. 물론, 그 순간에 그놈이 굴러 떨어지라고 빈
건 사실이지만…. 강이, 요즘 내가 너 호르몬 치료
하는 거 때문에 그동안 꾹 참고 봐줬었는데, 이제
더 이상은 나도 용납 못 하겠다. 너는 너만 고장 난
줄 알지? 아무래도, 너 수술한다고 했을 때, 엄마 말
대로 내가 너를 뜯어말려야 할 걸 그랬나 봐. 네가
이따위로 개념 없이 살라고 내가 너를 지지하고 찬
성한 건 아니었어."

"뭐, 이따위? 건달하고 사랑하면 '이따위'인 거야? 우리가 뭐가 그렇게 잘나서 다른 사람들을 무시해? 도대체 내가 어떤 남자를 만나야, 언니 성에 찰 수가 있겠어? 언니, 그 남자, 나한테는 이미 충분히 과분해, 차고도 넘치는 남자라고!"

"그게 과분한 남자라고? 세상에 … 아무래도, 뭔가 잘못돼도 크게 잘못된 거 같구나. 너 바보니? 강이야, 너 바보냐고!!! 네가 지금 이렇게 된 건 다 내 잘못인 거 같아. 근데, 그때는 … 강이야, 무서워서, 너무 무서워서 그랬던 거야. 경찰에 신고하면 … 엄마도, 너도, 우리도 다 너무 불행해지니까. 너는 어리고 또 사내아이라서 시간이 지나면 기억 못 할 거라고 엄마가 그랬었는데 … 엄마랑 나는 정말로 다 괜찮아질 줄 알았는데 … 그런데 … 그런 게 아니었어. 시간이 갈수록 더 선명해져 … 사는 게 더 힘들어져."

"언니는 몰라. 아마 죽었다 깨어나도 모를 거야. 새로운 나로, 그냥 나답게 살래. 내 행복은 내가 알아서 찾아서 살게. 그냥 우리 당분간 서로 보지 말고 사는 게 정답인 거 같아. 서로 볼 때마다 잊고 싶은 것들이 너무 많이 자꾸만 떠올라. 이대로는 정말 못 살겠어."

"강이야, 그게 무슨 소리니 ⋯ 네가, 나한테 어떻게 그런 말을 할 수가 있니?"

내게는 더 이상 강이에게 해 줄 여분의 말이 없었다. 그때는 강이에게 화가 나 그런 줄 알았건만 지나고 보니 화가 나 말문이 막혔던 것이 아니었다. 나는 남자를 사랑하는 것에 대해 무지했고 그래서 동생에게 딱히 해 줄 말이 없었던 것이었다.

13

저녁 아홉 시 뉴스가 끝나갈 무렵, 창고에 두었
던 선풍기를 마루로 꺼내 와 물걸레로 먼지를 닦고
있었다. 솔이가 중간고사를 마치고 오랜만에 집으
로 나를 찾아왔다.

"언니, 강이 제주도로 이사 간대. 알고 있었어?"

"뭐?"

솔이는 강이와 동거하던 남자가 얼마 전 구속되
었다고 전했다. 솔이의 말에 따르면, 강이는 그 남
자가 수감돼 있는 제주도 교도소 근처로 일터와 집
을 모두 다 옮겨 이사를 내려간다고 했다. 도무지
현실감이 들지 않자 나는 그냥 덤덤하게 막장 드라
마 줄거리를 듣고 있는 양 동생의 말을 한 귀로 흘
려듣고 있었다.

"언니, 내 말 듣고 있어? 강이가 언니한테 말 안
했지? 그치? 내가 분명히 언니하고 상의해야 한다

고 했는데…. 거봐, 안 했네. 강이 요즘 도대체 왜 그래?"

"야, 너는 강이가 뭐니? 강이가…. 걔가 그래도 네 언닌데 … 솔이 너, 그 말버릇이 도대체 뭐니?"

"어머, 언니. 왜 나한테 화풀이야. 내가 언제 강이한테 언니라고 한 적 있었어? 오빠였을 때에도 강이라고 그랬었는데, 갑자기 별걸 다 가지고 트집이야!"

나는 솔이의 말투에 더 집착했고, 그 편이 차라리 내 속이 더 편했다.

강이는 결국 나의 강경한 만류에도 불구하고 애인의 옥바라지를 하겠다며 제주도로 이사를 강행했다. 그리고, 그간 내색은 안 했지만 엄마의 자살에 충격이 적잖이 컸던 솔이도 잠시 학업을 내려놓고, 워킹 홀리데이 비자를 받아 호주로 가겠다고 해 기꺼이 허락해 주었다. 비록 강이에게는 잘 가라는 말도 제대로 못 해주었지만, 솔이에게는 겉으로나

마 "그래" 하고 시원하게 허락해 준 것은 천만다행
이었다. 그러나, 막상 평생 함께할 것만 같았던 두
동생이 내 품을 떠나 당분간 얼굴도 볼 수 없게 되
니 내 마음은 말할 수 없이 불안하고 허전했다.

장을 담근 지 벌써 석 달이 다 돼갔다. 마침내, 장
을 가르기로 했다.
그사이 우리에게 많은 일들이 일어났으며, 또 아
무 일도 일어나지 않았다. 메주가 제법 가라앉은 항
아리 속의 물은 어느새 거무튀튀한 색으로 변해가
고 있었다. 곧 간장이 될 액체를 체에 걸러 가며 따
로 준비해 둔 작은 항아리에 따라 부었다.
"간장이 되거라, 간장이 되거라."
머지않아 메주의 기운을 잘 머금은 이 소금물은
나의 간장이 될 것이다. 하지만, 난 간장을 달이지
는 않았다. 파주댁 할머니는 늘 간장 달이는 일에
고개를 설레설레 저으셨다.
"아따메, 썩을 것들, 암시랑도 안해야. 참 헌 미

생물까정 디지게 뭐더러 끓인다냐? 그냥 처 묵어야
재잉."

　항아리 속에 흐물흐물 허물어지다 만 메주콩들
이 내 얼굴을 올려다보고 있었다.
　"오래 기다렸다. 자, 이 언니가 잘 치대어 주마."
　곰삭은 메주를 조심스럽게 밀가루 반죽하듯 살
살 치대 가면서 항아리 바닥부터 차곡차곡 켜켜이
메주를 쌓았다.
　"된장이 되거라, 된장이 되거라."
　보통 장을 담그고 40일 정도 지나 바로 메주를
소금물에서 빼내면 된장 맛이 훨씬 좋게 된다지만
파주댁 할머니는 꼭 석 달 열흘, 백 일을 꽉 채우고
나서야 장을 갈라내셨다. 메주가 다 흐무러져 곰삭
을 때까지, 메주의 기운이 전부 간장이 될 소금물에
옮아갈 때까지, 기다리고 또 기다리셨다.

　파주댁 할머니는 간장이 된장보다 훨씬 더 귀한

것이라고 여기셨는데 그 이유를 한 번도 제대로 설명해 주시지는 못했다. 그래서, 나는 그저 간장이 된장보다 양이 더 적게 나오니까 상대적으로 더 귀한 것이겠거니 생각했다. 어느 것이 더 맛있어야 내 인생에 득이 되는지도 사실 잘 모르겠다. 장 가르기 타이밍 따위가 내게는 별로 중요해 보이지도 않았다. 나는 백 일을 다 채우지 않고 그냥 되는 대로 장을 가르기로 했다.

장을 가르면서, 나는 내가 두 동생들에게 엄마가 아니라 언니였기에, 혹여 동생들과 인생의 행복을 잘 나누지 못한 건 아닌지 마음 한구석이 먹먹해졌다. 혹여 내가 지금 메주를 너무 일찍 갈라내고 있는 건 아닐까? 파주댁 할머니 말대로 백 일을 꼭 채울 때까지 좀 더 기다렸다면, 간장이라도 제대로 얻을 수 있지는 않았을까? 이러다가 간장도, 된장도 둘 다 못 쓰게 망치는 것은 아닐까?

자기 앞가림을 잘하는 아이여서, 그냥 둬도 알아
서 잘하겠거니 하고 내가 너무 일찍부터 강이의 인
생에서 한 발 물러났던 건 아닌지 알 수 없는 미안
함이 들었다. 내가 그랬기 때문에, 지금 강이가 저
렇게 불안정하게 사는 건 아닌지 … 앞으로도 더 불
행해지는 삶을 얼마나 더 견디며 살아가야만 하는
건지 … 내가 내 남동생의 성전환 수술을 목숨 걸고
막아야만 했던 건 아닌지 … 세상 모든 것에 대한
나의 확신이 메주가 곰삭듯 그렇게 그날 밤 서서히
허물어져 내리고 있었다.

아직 실감이 잘 나질 않았다, '사'씨 성 하나만으
로 끈끈하게 연대했던 우리 셋에게 이제부터는 어
찌할 도리가 없는 그런 부분이 조금씩 존재한다는
사실이…. 내게는 강이와 솔이가 (언제가 될지는 잘
모르겠지만) 때가 되면, 반드시 내 인생에서 잘 갈
라내어야만 하는 된장과 간장처럼 소중하고도 불
안하기만 한 존재와 같았다.

간장과 된장을 가르고 남은 눅눅한 냄새만이 집 안을 가득 채우고 있었다.

허물어진 나의 확신을 다시 되찾고 싶었다.

무작정 집을 나섰다.

14

띵, 띵, 띵, 띵, 띵, 띵, 띵, 띵, 띵, 띵, 띵…

쉴 새 없이 울리는 배달 앱 주문 신호음이 아무
렇지도 않게 무감각해질 무렵, 내 입속의 콜라 빨대
가 컵의 바닥을 흡입해 생기는 요란한 소리를 냈다.
나는 어느새 콜라를 거의 다 마셔가고 있었다. 집에
서 무작정 나와 내가 간 곳은 '브루터스' 햄버거 가
게였다.

현관 쪽에서 배달 대기를 하고 있던 배달 알바생
하나가 나와 눈이 마주쳤다.

"어, 안녕하세요? 누나!"

그가 나를 보고 90도로 인사를 했다.

"누, 누구?"

늘 그랬듯이 나는 그의 얼굴을 바로 알아보지 못
했다.

"저, 얼마 전에 11동에서….."

그가 우리의 인연에 대해서 조금씩 이야기하자 그제야, 그의 얼굴이 조금씩 보이기 시작했다.

내가 그 녀석을 맨 처음 본 건 아마도 그로부터 한 달 반 전쯤이었다. 그러고 보니, 그날 저녁, 11동 1층 엘리베이터 앞에서도 햄버거 패티 냄새가 복도에 가득했다. 엘리베이터 단추를 누르고 문이 열리길 기다리는데, 지하 1층 주차장으로 내려가는 계단 쪽에 인기척이 느껴져 고개를 슬쩍 돌아다보았다. 미세한 내 움직임에도 자동 센서가 작동했는지 복도에 불이 탁 하고 환하게 켜졌다. 갑자기 불이 켜져서 놀랐는지 계단에 있던 그 녀석의 입에서 음식물 파편들이 '컥' 하고 벽으로 조금 튀어나왔다. 녀석은 벌 받고 있는 아이처럼 모서리 벽 쪽으로 뒤돌아서서는 급하게 무언가를 먹고 있었다. 내가 호출한 엘리베이터가 내려와 문이 열렸다. 못 본 척 엘리베이터를 그냥 올라탔다.

천천히 닫히는 11동 엘리베이터의 문 사이로 녀석의 뒷모습이 꽉 끼이듯 짠하게 좁아지고 있었다. 그게 그 녀석과의 첫 만남이었고, 그게 다였다, 고 나는 생각했었다.

추석 연휴가 끝나고 일주일쯤 지났을 즈음이었다. 아파트 단지 내에 있는 모든 경비실과 각 동마다 엘리베이터 안에 수십 장의 방이 나붙기 시작했다. 거기에는 CCTV를 캡처한 어처구니없는 사진도 하나 함께 얹어져 있었다. 그날 저녁 11동 1층 복도에서 불이 탁 하고 켜졌던 바로 그 순간을 캡처한 사진이었다. 사진 속에는 서로 마주 보고 있는 그 녀석과 나의 모습이 있었다. 그토록 스치듯 짧은 순간을 캡처한 사진에는 내 기억과는 전혀 다른 팩트가 그 안에 존재하고 있었다. 내 기억에 그 녀석은 나를 돌아본 적이 없었던 것만 같았는데 … 사진 속에서 녀석은 나를 보고 있었고, 나도 그 녀석의 얼굴을 빤히 보고 있었다. 우리는 서로 아무런 대화

도 주고받지 않았건만, 사진 속 우리 두 사람은 심
지어 다정하게 대화를 나누고 있는 것처럼 보이기
까지 했다. 물론, 그가 벽 쪽으로 몸을 바짝 대고 돌
아서 있는 자세는 누가 봐도 좀 이상해 보이긴 했지
만….

알립니다.
최근 배달음식 빼먹기 사고가 자주 발생해
CCTV를 확인하는 일이 빈번하오니 각 세대주
께서는 각별히 유의하여 주시고 배달 온 음식을
잘 확인하신 후 결제하시길 바랍니다. 추후에는
이런 일로 일일이 CCTV 확인이 불가하오니 이
점 유념해 주시길 바랍니다.
경비실

방이 나붙고 나서 또 며칠이 지났다. 그날도 난
그를 먼저 알아보지 못할 뻔했다, 녀석의 옷에 배어
있던 햄버거 패티 냄새가 아니었다면 말이다. 9동

주차장 앞에서 바이크에 시동이 잘 걸리지 않아 애먹고 있는 녀석을 나는 또 보았다. 다가가 그의 어깨에 손을 무겁게 얹으며 내가 말했다.

"야, 너! 그때 걔 맞지?"

"네?"

"맞네, 너! 내가 너 때문에 이 아파트에서 아주 스타가 됐어요. 스타가!"

투툿, 투툿, 투투투투 투루루루루루루루루루루

녀석이 얼떨결에 스쿠터 시동을 거는 데 성공을 해버리고 말았다. 그리고, 내 말이 끝나기가 무섭게 녀석은 시동 걸린 스쿠터를 출발시켰다. 내 얼굴이 긴가민가했겠지만 녀석은 분명 내가 무슨 소리를 하고 있는지 누구보다도 잘 알고 있었을 것이다.

"헛, 저게 줄행랑을 쳐? 야~."

그러나, 안타깝게도 녀석의 스쿠터는 20미터도 채 못 가서 그만 휙 뒤집어져 바닥에 내동댕이쳐지고 말았다. 뒤에 매달려 있던 배달 통 안에서 음식들이 튀어나와 사방으로 흩어졌고, 옆구리 터진 페트병 콜라는 아스팔트 길바닥 위에서 거품을 쏟아내며 빙글빙글 돌았다.

"휴우, 그러니까 … 나를 패싱하고 까부니까 자빠지잖아!"

그가 오른쪽 손목이 아픈지 감싸며 일어나서는 불쌍한 눈으로 나를 쳐다보았다.

"짠하다. 짠해. 야~ 너, 안 다쳤어? 넌 왜 애가 생긴 거는 똘똘한데 어째 그 모양이냐?"

녀석이 나를 보고 씩 웃었다.

"웃어? 너 지금 이 판국에 웃음이 나오지. 도대체 남의 건 왜 훔쳐 먹니? 우리가 돈이 없지 '가오'가 없냐?"

"죄송해요, 아, 근데 누나! 짱 멋있어요."

녀석은 스쿠터를 다시 세웠다.

잠시 9동 입구 옆 자전거를 세워두는 곳에 바이크를 세우고, 길바닥에 널브러진 쓰레기를 함께 정리했다. 녀석과 같이 맞담배를 한 대 피우는 동안에 그가 돈이 없어서, 배가 고파서 남의 햄버거를 훔쳐 먹었던 건 아니란 사실을 듣게 되었다. 그에 따르면, 분명히 밥을 잘 챙겨서 먹고 나왔는데도 햄버거를 배달할 때면 이상하게도 미친 듯이 배가 고파져서 자기도 모르게 손이 갔다고 했다. 맹세코 재미 삼아 누군가를 골탕 먹이려고 그랬던 건 아니라고도 했다.

"저 때문에 사진도 찍히시고 … 넘 죄송해요, 누나. 저 실은 '브루터스' 사장 형한테 불려 갔었는데요, 다행히 거기 배달, 안 짤렸어요."

마음이 고프면 배도 고프다. 아무리 먹어도 배가 고프고 목이 마르다. 배를 곯을 정도로 돈이 없었던 건 아니라니 그나마 다행이었지만, 일엽편주에 의지해 망망대해를 자기 혼자서 건너고 있는 아이는 먹어도 먹어도 언제나 배가 고프다.

나는 언제나 몹시 배가 고팠다.

15

    새벽부터 밤까지 반복된 일상 속에서 엄마는 더 이상 내 인생과는 아무 상관도 없는 존재로 그렇게 조금씩 멀어져 갔다. 또 하루가 그렇게 끝나가고 있었다. 인연을 하나씩 털어내듯, 새벽에 싣고 나온 박스들을 하나씩 제 주인을 찾아 전부 다 털어내고 나니 마지막 한 개가 텅 빈 짐칸에 덩그러니 남아 있었다.

    "어, 뭐지? 이게 왜 여기서 나오지?"

    그 마지막 상자의 배송지는 아파트 상가 내 '브루터스' 햄버거 가게였다. 상가 물건들은 원래 당일 오전에 아파트로 진입하기 전 제일 먼저 배송을 하는데, 가끔 그날처럼 누락되는 건이 생기면 당일 배송을 다 처리하고 맨 마지막 퇴근하는 길에 배송을 해야만 했다. 저녁 9시, 곧 가게 문을 닫을 시간이었다. 서둘러 아파트 수위실을 빠져나와 상가 앞에

임시 주차를 하고 비상등을 켰다. 간판 불은 이미 꺼졌지만 매장 안에 불은 켜 있었다. 그러나, 출입문이 잠겨 있었다. 나는 다음 날 오전에 물건을 넣을까 잠시 고민을 하다가 혹시나 해서 문을 두드려 보았다.

톡톡톡

"저, 택배 왔는데요."

매장 안 주방 문이 열렸다. 키가 꽤 크고 검은색 장화를 신은 남자가 주방에서 나와 가게 문을 열어 주었다. 문이 열리자, 향기 좋은 참나무 장작 탄내가 매장으로부터 흘러나왔다. 남자의 얼굴이 내 눈에 들어왔다. 남자는 주방에서 일하다 가끔씩 카운터로 나오는 가게 사장이었다.

"오늘은 좀 늦으셨네요."

셔츠 깃을 쑥스럽게 매만지면서 남자가 내게 말을 건넸다.

"네, 죄송합니다. 이게 오늘 마지막 배송이라 … 저, 여기 사장님이시죠?"

나는 상자를 카운터 위에 올려놓은 뒤 가볍게 눈 인사를 건넸다.

"아, 네 … 아차, 저, 근데 이거….."

남자는 내가 카운터에 내려놓은 택배 상자를 잠깐 들여다보더니 조심스레 내 쪽으로 밀었다.

"왜요? 반품인가요?"

"아, 아뇨, 이거 그쪽 거라서…."

"?"

조금씩 보이던 남자의 얼굴이 거기에서 멈추었다.

"이거 … 찔레 거예요."

더 이상 보이지 않는 얼굴을 한 남자가 이해할 수 없는 단어들로 내게 말을 하고 있었다.

16

내가 찔레를 처음 만난 날은 몹시 추웠다.

후다닥

잠이 아직 덜 깬 나는 차 문을 여는 순간 심장이
떨어지는 줄만 알았다. 갑자기 차 아래쪽에서 길 고
양이 두 마리가 튀어나왔기 때문이다. 놀란 가슴을
쓸어내리며, 혹시나 해서 엔진 쪽을 다시 한 번 살
펴보았다. 거기에 오도 가도 못하고 끼어서 쩔쩔매
고 있는 찔레가 있었다. 만일 그때 내가 무심코 시
동을 걸고 그냥 출발을 했더라면 상상만 해도 정말
끔찍한 순간이었다. 고작해야 평균 수명이 2-3년
남짓한 길 고양이들은 특정한 은신처가 없이도 길
에서도 잘 살지만, 혹독한 겨울이 되면 생존을 위해
서 필사적으로 추위를 피할 잠자리를 찾는 데 몰두
한다. 찔레도 그 겨울, 분명히 그랬을 것이다. 그리
고 하필 그곳이 밤늦게 퇴근해 새벽까지 온기가 남

아 있던 내 트럭의 엔진이었고, 그 따뜻한 온기가 치명적인 죽음의 유혹이었음을 찔레는 미처 알지 못했을 것이다. 당황했는지 녀석이 사력을 다해 나에게 방어적으로 '하악질'을 해댔다. 출근시간은 점점 다가오고, 고양이를 그곳에서 빼낼 엄두가 나질 않았다.

"저기, 길냥이가 차 안에서 안 나오나요?"

그때 내 등 뒤에서 남자 목소리가 들려왔다.

"아, 네, 벌써 30분째 이러고 있어요. 혹시 저 좀 도와주실래요?"

자전거를 타고 지나가던 남자가 땅바닥에 타고 온 자전거를 바로 눕힌 뒤 내 차로 다가왔다.

"제가 출근해야 하는데, 저 녀석이 도무지 나올 생각을 않네요."

"저, 조금만 뒤로 가 주실래요? 녀석도 도망갈 길은 확보해야 나올 마음이 생길 테니까요."

"아, 네…."

남자의 맞는 말에 나는 조금 겸연쩍었다.

15분 정도 실랑이 끝에 드디어 남자가 녀석을 생포하는 데 성공했다. '하악질'을 해대고 난리를 치던 녀석이었는데, 신기하리만큼 그의 품에서는 체념한 듯 축 늘어져 조용해졌다.

"저, 그런데 목소리가 하도 씩씩해서 팔팔한 줄 알았는데 … 상태가 좀 심각한데요. 어떻게 하죠? 이대로 그냥 놔주면 내일 또 그 차에 들어갈지도 모르는데…."

심하게 부어오른 녀석의 눈에서는 진물이 나고 있었다. 나는 매우 특별한 결정을 해야만 하는 순간임을 깨달았다. 팔을 걷어붙이고 장갑을 벗으며 내가 그에게 말했다.

"저, 초면에 너무 죄송한데요, 도원 아파트, 무지개 상가 아시죠? 몇 시간만 데리고 계시다 거기 지하 1층 동물 병원에 좀 맡겨주세요. 10시면 열 거예요. 제가 그 동네에서 하루 종일 배송하니까요, 이따가 저녁에 퇴근하면서 이 아이 꼭 찾으러 갈게요."

남자는 잠시 내 왼쪽 손에 있는 문신을 발견하더니 놀라는 표정을 지었다. 나도 모르게 방어적으로 내 손목의 문신을 감췄다.

"네, 그렇게 하죠."

남자가 고개를 한 번 끄덕이며 말하고는 고양이를 자신의 파카 안에 쏙 넣은 후 파카 지퍼를 올렸다. 남자의 품에서 고양이가 몇 번 꿈틀대며 자리를 잡자, 그는 자전거 페달을 힘차게 밟아 출발했다. 하루 종일 신경이 쓰여 일에 집중하기가 힘들 지경이었다. 그래서, 그날은 평소보다 서둘러 일을 마친 후 동물 병원으로 고양이를 찾으러 갔다.

"찔레 보호자님, 맞으시죠?"

수납 직원이 내게 물었다.

"네?"

"찔레 보호자님 아니세요? 맞는데…. 자, 여기. 아침에 아기 데려오신 남자분이 수술비 결제하시면서 이름난에 '찔레'라 적어 놓고 가셨는데요. 아, 근데 보호자께서 혹시 저녁에 못 오실 수도 있다고

… 그럼, 그분께서 내일 와서 데려가겠다고 연락처도 남기고 가셨어요."

심한 영양실조에, 오염된 왼쪽 눈을 적출하고도 녀석은 살아남아 나를 기다리고 있었다.

"얘가 멘탈이 아주 강해요. 살려는 의지가 있으면 이렇게 다 산다니까요."

동물병원 수의사가 찔레를 아주 기특하다고 칭찬해 주셨다.

"찔레야~."

"야~아옹"

회복실 안에서 찔레가 나를 보더니 대답을 했다. 내가 병원에 도착하기도 전, 찔레는 이미 찔레가 되어 나를 기다리고 있었다. 찔레는 존재하는 것 자체로 나에게 기적이 되었다.

나도 숨 쉬고 있는 것 자체만으로 누군가의 기적이 될 수 있을까?

17

소름이 돋았다.

'뭐지? 이 남자. 어떻게 우리 찔레를 알지?'

키가 큰 햄버거 가게 사장은 내가 가끔 그곳에 들러 햄버거를 먹고 가거나 포장해 가는 것을 이미 알고 있었다고 말했다. 혹시라도 불편해할 것 같아 아는 척을 잘 못 했다고도 했다.

"이제 기억이 좀 나세요? 그냥 좀 자연스럽게 인사라도 하려고 간식 주문한 건데…. 그런데, '찔레'가 건강하게 잘 지낸다니 기분 좋네요. 저 어렸을 때, 집에서 고양이 키웠었는데 그때 고양이 이름이 찔레였어요. 그래서, 얼떨결에…."

그의 말투는 어눌했지만 뭔가 계속 잘 듣게 되는 힘이 있었다. 그러나, 그의 얼굴이 기억나는 건 아니었다.

"고맙다는 인사, 드렸어야 하는데…."

"지금 하시면 되죠."

"고마워요. 찔레가 그때 한쪽 눈을 잃었는데, 지금도 볼 때마다 짠하지만 그때는 정말 너무 안타깝더라고요. 그래도 '찔레야' 하고 이름을 불러주니까 '야옹' 하면서 저한테 처음부터 매달리더라고요. 그때 지어 주신 이름 덕분에 '찔레'랑 더 빨리 친해졌던 것 같아요, 꼭 원래부터 제가 키우던 고양이였던 것처럼…."

나는 마치 나를 구해준 은인에게 인사라도 하듯 진심으로 말하고 있었다.

"커피 한잔하고 가실래요?"

"아, 네…."

"아이스?"

"아, 아뇨, 그냥 따뜻하게."

그가 능숙한 솜씨로 커피 머신에서 에스프레소를 추출했다. 내린 커피를 머그잔에 담아 내가 앉아 있는 테이블로 와 앉았다.

"저, 명철이, 그 녀석 아시죠?"

"명 … 철이요?"

"네, 명철이요, 박명철. 왜, 전에 아파트에 방 붙고 시끄러웠던 그 배달 앱 알바생 말이에요."

"아, 그 친구 이름이 명철이구나."

나는 낯선 사람과 겉도는 그런 대화에 익숙한 편이 아니었다. 그냥 그 자리를 모면하고 싶어 커피를 서둘러 마시기 시작했다.

"입 데어요, 천천히 마셔요."

머그잔을 쥐고 있던 내 왼쪽 손에 그의 손이 살며시 와 닿았다. 그리고, 머그잔이 탁자에 놓일 때까지 그의 손은 내 손 위에 닿은 듯 만 듯 잠시 머물러 있었다. 그의 손은 사내답게 투박하고 컸지만, 설탕처럼 다정한 기운이 전해졌다. 나는 갑자기 가게 안이 몹시 더워졌다.

"요즘 세상에는 날개 잃은 친구들이 참 많죠. 저, 우리 드라이브할래요?"

그가 내 눈을 보며 말했다.

18

우리는 드라이브를 했다. 조수석에 그를 태우고 내가 운전해 서로가 처음 만났던 우리 집 앞까지 갔다. 그것이 우리의 드라이브였다. 다소 어색한 침묵을 깨려는 듯 그가 운전하고 있는 내게 말했다.

"나 별로죠? 운전도 못 하고⋯."

"알면 됐어요, 홋. 차도 없으면서 무슨 드라이브를 하자고 해요?"

내가 농담하듯 그에게 물었다.

"그냥, 집까지 바래다주고 싶어서⋯."

그가 기죽지 않고 내게 그렇게 말했다.

그날 우리가 약속한 목적지였으며, 그때 찔레를 함께 구조했던 바로 그곳이었던, 우리 집 주차장까지 우리는 드라이브를 했다. 평소 같으면 십 분 남짓 걸릴 거리였지만 차가 막히지 않아서 눈 깜짝할 사이에 그와의 드라이브는 그렇게 끝이 났다. 나는 시동을 끄고 안전벨트를 풀고 있었다. 그러나, 그는 여전히 안전벨트도 풀지 않고, 내릴 생각이 없는 사람처럼 그대로 자리에 가만히 앉아 있었다.

"저, 다 왔어요."

내가 그에게 말했다.

"아!"

그제야 그가 안전벨트를 풀었다.

그가 안전벨트 푸는 걸 보고 차에서 내리려는데, 그가 나의 손을 잡았다. 그리고, 내 손을 천천히 들어 올려 자신의 얼굴 쪽으로 가져갔다. 내 손등이 차가운 그의 입술에 닿았다. 조금씩 빨라지는 그의 날숨이 코에서 나와 내 손에 붙었다. 내가 손을 빼려고 하자, 그가 손을 내 무릎 위로 다시 내려주며 작게 "잠시만요"라고 내 귀에 대고 말했다. 그리고, 내 입술에 그의 얼굴이 다가왔다. 나도 모르게 방어적으로 몸이 굳었고, 나는 그에게 어색하게 빠른 말투로 이렇게 말하고 말았다.

"오늘 드라이브, 좋았어요."

나는 그에게 그런 식으로 작별 인사를 했고 그는
아무 말도 하지 않았지만 계속 나를 바라보고 있었
다. 그의 시선은 잠시도 나에게서 떨어지지 않았으
나 그런 시선이 나를 불편하게 하지는 않았다. 그는
차에서 내려 찔레를 구조했던 그날 새벽처럼 가로
등 너머 같은 쪽으로 걸어 조금씩 멀어져 갔다. 그
가 아주 작아질 때까지 가로등이 그에게 불을 밝혀
주고 있었다. 나는 바로 집으로 들어가지 않고 트럭
에 앉아서 좋은 영화의 엔딩 크레디트를 마지막까
지 보는 사람처럼 차창 밖으로 그의 뒷모습이 사라
질 순간까지 그를 바라보고 있었다.

우연이든 필연이든, 누군가에게 이름을 지어준
다는 건 당사자에게 그 순간부터 새로운 시작을 선
언해 주는 행위란 생각이 들었다. 우리 엄마도 그
런 마음으로 우리에게 이름을 지어 주셨을까? 새로
운 시작을 간절히 원했기에 엄마는 자신의 이름을
스스로 바꿔야만 했을까? 어쩌면 엄마는 우리를 비

정하게 버린 게 아니라, 엄마만의 방식으로, 우리의
새로운 시작을 위해 어쩔 수 없이 우리를 떠났던 건
아니었을까?

남자의 뒷모습을 끝까지 보고 난 후에야, 나는
그 남자의 얼굴이 조금씩 더 보이기 시작했다. 하지
만, 왜 나는 그때 그 동물병원에서 그가 남기고 간
연락처로 고맙다는 인사조차 남기려 하지 않았던
걸까? 나는 예전에도 호의를 받고 그냥 도망친 '먹
튀'였고 그 순간에도 가슴 떨리는 호감을 누리고도
뿌리친 '겁보'였다.

그리고, 난 그때까지 그 남자의 이름조차 알지
못했다.

19

미세한 변화가 시작되었어도 나의 일상은 새벽부터 밤까지 물건의 주인을 찾아 주는 일의 연속이었다. 그러나, 정작 내 마음은 주인을 잃고 분실물로 전락하고 있었다. '덜커덩'거리는 빈 트럭을 몰고 퇴근할 때면, 방지 턱을 넘을 때마다 내 텅 빈 심장도 따라서 '덜커덩'하며 고독의 소리를 냈다. 나는 한 번의 키스가 고독의 시작을 예고할 수도 있다는 걸 방지 턱을 넘으며, 그제야 깨닫게 되었다. 우리는 서로 통성명도 하지 않았고 연락처도 주고받지 않았으며, 키스도 하지 못했다. 물론, 나는 그 남자가 어디서 일하고 있는지 이미 잘 알고 있었지만, 내가 아는 그곳에 그 남자는 보이지 않았다. 우리가 드라이브를 한 지 열흘이 지나도록 그는 그곳에 한번도 나타나지 않았다. 나는 시간이 날 때마다 매일 그곳에 들러 '오리지널 햄버거'와 콜라를 주문해 마셨다. 머리가 여전히 짧은 그 영혼 없이 친절한 알바생은 자기의 월급을 주는 사장의 행방을 전혀 알지 못했다. 그날 저녁, 그녀가 마감을 할 때까지 나는 줄곧 그곳에 앉아 있었다. 혹시나 그 남자가 주방에서 튀어나올 것만 같아서…. 하지만, 주방에는 그 남자 대신 턱수염이 잔뜩 난 낯선 남자가 햄버거 패티를 굽고 있었다. 알바생이 가게 문을 닫고 퇴근을 준비하기 시작하자, 나는 황급히 자리에서 일어나 가게를 빠져나왔다. 그러나, 나는 그곳을 떠나지 못하고 근처에서 여전히 서성이고 있었다.

강이의 말이 옳았다. 사랑의 깊이는 시간의 길이와 전혀 무관한 것이었다.

"이름이 뭔가요?"
무미건조하게 닫힌 가게 문 앞에 바보 같은 내 모습이 비쳤다. 나는 점점 그의 얼굴을 내 기억 속에서 희미하게 잃어가고 있었다. 하긴 고작 두 번

남짓 본 얼굴이었으니, 그것도 한 번은 내 기억 속에 아예 남아 있지도 않았던 얼굴이었으니…. 잘 생각나지도 않는 사람의 얼굴을 이토록 그리워할 일이던가 내 자신이 한심스러웠다. 그때, 결코 사랑할수 없는 한심스러운 내 모습 위로 누군가의 모습이 겹쳐졌다.

"어, 누나! 이 시간에 거기서 혼자 뭐 해요? 아직 퇴근 안 했어요?"

오랜만에 보는 명철이었다. 순간 나는 무언가 크게 들킨 기분이 들었다. 고개를 돌려 명철을 바라볼 용기가 좀처럼 나질 않았다. 나는 그냥 계속 문을 바라보며 말을 해야만 했다. 아, 그때 내가 맨 처음 그를 보았을 때, 명철이도 분명 이런 기분이 들었겠구나 싶었다.

"아, 명철이 너구나. 근데, 네가 지금 거기서 왜 나와? 너 이 시간에도 배달하니?"

"저 요즘 야식 배달해요. 근데, 누나, 여기 사장 형 다친 거 아시죠?"

잠시 귀에서 이명이 지나갔다. 그랬다, 그사이 아무 일도 일어나지 않았고, 또 나만 모르고 있는 많은 일들이 일어나고 있었다.

"다치다니? 누가? 그게 다 무슨 소리야?"

나는 고개를 돌려 그에게 물었다.

"모르셨구나, 옛날에 축구 선수 할 때 다쳤던 데라 수술해야 한다나 봐요. 근데, 이번 주에 퇴원한다고 해서 아까 가서 보니까 아직 안 나오셨더라고요."

나는 집까지 아주 빠르게 달렸다. 그와 나 사이에 인연의 연결 고리가 고작 찔레 하나뿐이었다는 걸 인정하기가 몹시도 싫어서 나는 달렸다. 어느새 땀이 얼굴에 범벅이 되었고, 내 몸과 마음까지 적셨다. 땀은 눈물을 감추기엔 언제나 완벽한 도구지만, 아무도 보지 않는 눈물을 감추는 내 자신에겐 그 어떤 도구도 무의미할 뿐이었다.

숨이 차 현기증이 날 즈음, 집 앞 저만치에 내 트럭이 보였다. 나는 조금씩 속도를 줄이다 빠르게 걷기 시작했다. 잦아드는 내 숨소리를 들으며 걷던 나는 그만 거기서 걸음을 잠시 멈추고 말았다. 찔레를 처음 만났던 그곳에, 엄마가 떨어져 세상을 등진 바로 그곳에 그가 와 서 있었다. 그는 목발을 짚고서 내가 걸어오고 있는 것을 계속 바라보고 있었다. 나는 멈추었던 걸음을 다시 한 발씩 어렵게 떼기 시작했다. 그에게 점점 더 다가가자, 차분한 미소를 짓고 있는 그의 얼굴이 조금씩 더 크게 보이기 시작했다.

"오랜만이에요."

그가 손에 닿지 않는 거리에서 내게 말했다.

그의 목소리를 들으니, 지난 열흘 동안 내가 그토록 그리워했던 바로 그 얼굴이 내 두 눈에 온전히 들어왔다.

"…"

"좀 다쳤어요, 근데, 이제 괜찮아요, 퇴원해서 바

로 여기로 온 거예요."

나는 말없이 다가가 그를 안았다. 그가 나를 더 꼬옥 안아주었다. 그가 짚고 있던 목발이 우리 옆으로 쓰러졌지만 그는 상관하지 않았다. 안고 있는 동안 목발 대신 나는 그의 중심이 되어가고 있었다. 근처 어디선가 짝을 찾고 있던 길 고양이들의 애절한 울음소리가 적막한 골목에 울렸다.

"좀 두려웠어요, 시간이 갈수록 그쪽 얼굴이 생각이 잘 안 나서…."

내가 말했다.

"걱정 말아요, 이렇게 내가 지금 여기에 있잖아요."

그가 말해주었다.

내가 사는 다세대 주택에는 엘리베이터가 없었다. 다리가 불편한 그와 계단을 한 칸씩 6층까지 올라가는 일은 결코 쉬운 일이 아니었다. 집 안으로 들어오니 우리는 둘 다 땀으로 뒤범벅이었다. 설상

가상으로 집 안은 장을 가르고 난 참이어서 콤콤한
냄새로 그득했다.

"아, 냄새…."

당황스러웠지만 이미 늦었다.

"괜찮아요, 맛있는 냄새!"

그가 내 볼에 가볍게 입을 맞추며 속삭인 후 내
어깨를 붙잡고 아이처럼 기대며 신발을 한 쪽씩 벗
었다.

"나 별로죠? 신발도 혼자 못 벗고…."

"별로인 거 잘 알면서 왜 또 물어요? 여기는 왜
온 거예요?"

"보고 싶어서, 일어나 봐요."

그가 나를 일으켜 세워 내게 키스를 했다. 우리
의 첫 키스였다. 첫 키스라 하기엔 도저히 믿을 수
없을 정도로 그는 내 입술로 익숙하게 찾아 들어왔
다. 우리 둘의 몸은 매우 뜨거운 상태였지만, 그의
혀는 샤베트처럼 매우 차갑고 신선했다.

"그런데, 도대체 어쩌다 다쳤어요?"

"그냥 … 좀 다리를 헛디뎌서…."

그는 얼굴을 떼고 내 눈을 보고 짧게 말해주고는 계속해서 다시 나에게 키스를 했다.

"보고 싶었어, 샘, 미치도록."

놀랍게도, 그는 내 이름을 이미 알고 있었고, 내 이름을 계속 부르며 키스를 퍼부었다. 그가 선 채로 키스를 하며 바지를 벗었다. 축구 선수 출신인 그의 허벅지는 몸에 비해 훨씬 두꺼웠고, 깁스를 하지 않은 쪽 다리에도 많은 상처들이 훈장처럼 남아 그의 운동선수 시절의 역사를 말해주고 있었다. 그의 흰색 삼각 브리프 팬티 위로 벌써 흥분한 그의 페니스의 윤곽이 두드러져 보였다. 그가 선 채로 나를 바닥에 앉히고 축구 수비수가 밀착 방어를 하듯 내 얼굴 쪽으로 그것을 바짝 갖다 대었다. 그의 다리에 한 깁스는 그가 나를 억지로 제압할 수 있는 상대가 아니며, 내가 원하는 대로 이 상황을 충분히 통제할 수 있을 거라는 안도감을 주었다. 그 순간 나는 분명히 '엔젤'이 아니었음에도 그의 몸을 똑바로 쳐다

볼 수 있는 내 자신이 부끄럽게 느껴지지 않았다. 그것은 내가 그를 원하는 만큼 가질 수 있다는 욕망을 창조해 냈다. 그가 허리를 수그려 내 두 어깨에 자신의 몸을 태우며 마치 전쟁터에서 부상을 당한 굶주린 군인처럼 허기진 듯 위쪽에서 내 목과 귀를 애무하기 시작했다. 내가 서서히 흥분하자, 그의 손이 점점 더 미끄러져 내려와 마침내 내 아래로 들어왔다. 심하게 흥분하기 시작한 나는 그만 그의 깁스를 팔꿈치로 치고 말았다.

"윽"

"앗, 미안, 아파요?"

"아, 아니! 괜찮아, 샘. 나 이거도 벗겨줘요."

그가 자신의 몸에 남아 있던 흰색 팬티를 눈으로 가리키며 애원했다. 혼자서 팬티조차 벗을 수 없는 그가 나는 무척 섹시하게 느껴졌다. 나는 그의 팬티를 아주 천천히 벗겼다. 팬티가 그의 다리를 따라 천천히 내려가자, 그가 전율하며 페니스를 한 손으로 감쌌지만 다 감추기에 그의 손이 모자랐다. 그의 몸에는 이제 달랑 깁스만 남아 있었다. 나는 왼발로 축구 선수가 짧은 패스를 던지듯 페니스를 감싸고 그의 손을 향해 살짝 걷어내는 시늉을 했다. 그러자, 그가 자신의 페니스를 감싼 손을 치웠다. 그리고, 눈을 감고 양팔을 머리 위로 들어 항복하듯이 자신의 그것을 내게 선사했다. 내가 목과 귀를 그에게 내어 주었던 것처럼 그도 자신의 페니스를 아낌없이 내게 내어 주었다. 나는 조금씩 그것을 더 깊게 내 안으로 삼켰다. 그가 아주 예민한 신음 소리를 내며 내 머리를 지그시 아래로 더 눌러 더 이상 내릴 수 없을 만큼 내렸다. 다리가 불편한 그가 최대한 편한 자세를 찾을 때까지 우리 둘은 여러 가지 자세를 시도해 보다가 마침내 가장 편한 자세를 찾아내었다. 결국, 우리는 서로 마주 본 상태로 내가 그의 허벅지 위로 힘을 주지 않고 살짝 걸터앉은 상태로 비로소 하나가 될 수 있었다. 혹여 그의 깁스한 다리를 또 건드리지는 않을까 염려가 돼, 절정에 다다르는 막바지 고비마다 번번이 내가 멈추는

바람에 그는 사정을 연거푸 미룰 수밖에 없었고, 그
바람에 그와 나는 더 오랜 시간 동안 사랑을 나누게
되었다. 그는 그날 밤, 최후의 절정에 다다르자 내
안에서 사정을 해도 되는지 다급하게 물었고, 나는
대답 대신 그의 입술을 내 입술로 막아 우회적으로
그를 허했다.

그리고, 그날 밤, 우리가 다시 둘로 나누어지기
전, 내가 그에게 물었다.

"내 이름은 어떻게 알아요?"

20

 도원동, 그 아파트 15동에는 하루건너 택배를 시
켜 받는 남자가 살고 있었다. 남자는 내가 여자 택
배기사라는 걸 제대로 악용하는 듯했다. 한번은 샤
워를 하다 나온 척 수건만 두르고 문을 열고 나오기
도 했었다. 나는 어느 순간부터인가 그냥 문 앞에
물건을 던져두고 와 버렸다. 그 뒤로 그 남자는 고
객 불만 사항을 접수하려는지 영업소에 수도 없이
전화를 걸어와 영업 소장과 실랑이하며 내 이름과
연락처를 집요하게 물어봤다고 했다. 십자가 모양
의 그 재수 없고 기괴한 박스는 바로 그 남자가 수
취인으로 돼 있었다. 오른손으로는 박스 여섯 개를
실은 카트를 끌고, 십자가 모양의 선반을 세워 왼쪽
어깨에 지고 언덕을 오르기 시작했다. 그런데, 박스
의 길이가 너무 길다 보니 어쩔 수 없이 끝이 바닥
에 질질 끌렸다. 갑자기 다시 비가 세차게 내리기

시작했다. 15동 현관은 다가가는 만큼 점점 더 뒤로 멀어졌고 운동화는 한 발을 뗄 때마다 빗물을 한 움큼씩 발등으로 토해 냈다.

띠이~ 띠이~

15동, 21층 2101호의 벨을 두 번 눌렀다. 십자가 모양의 선반을 시킨 남자가 문을 열고 나오기 전에 잡아 둔 엘리베이터를 타고 최대한 빨리 그곳을 벗어나리라 마음먹었다. 초인종을 누름과 동시에 엘리베이터 내려가는 단추를 눌렀다. 그러나, 엘리베이터 문은 야속하게도 곧바로 닫혀 버렸고 나는 간발의 차로 그 엘리베이터를 놓치고 말았다. 젖은 소매에서 물이 뚝뚝 하고 계속 떨어지고 있었다.

"휴우, 오늘은 되는 일이 없어!"

엘리베이터는 안드로메다로 멀어져 갔고, 나는 계단을 향해 급하게 내려가려 했지만 물에 젖은 운동화가 미끄러웠다. 조심해서 21층 계단을 반쯤 돌아 20층으로 내려가는 순간 위에서 문 열리는 소리가 들렸다. 그 변태 새끼가 밖으로 나오며 내게 말했다.

"누구세요?"

나는 올라가지 않고 잠시 그 자리에서 대기하며 대답했다.

"택배인데요, 아무도 안 계시는 거 같아 문 앞에 두었습니다."

"저, 잠시만 다시 올라와 주실 수 있어요?"

"왜 그러시는데요? 지금 좀 바빠서…."

하지만, 그는 벌써 내 쪽으로 내려오고 있었다. 공포가 엄습해 왔다. 나는 만일을 대비해 주머니에서 휴대폰을 꺼냈다.

"이거~."

순간, 21층에 사는 그 변태 새끼가 계단 위에서 하얀색 큰 수건을 내 쪽으로 던졌다. 얼떨결에 수건이 날아와 내 가슴 안으로 탁 하고 들어왔다. 불쾌한 기운이 온몸에 퍼졌고, 분노가 끓어올랐다. 그놈이 내 쪽으로 오고 있었다.

"비가 너무 많이 와서, 이거로라도 우선 좀 닦아요."

그때, 목발을 짚은 다리가 보였고, 낯익은 목소리가 귀에 들어왔다.

"어······························?"

나는 잠시 할 말을 잊었다.

"나예요, 샘. 선반이 이렇게 큰 건 줄 몰랐어요. 미안해요. 알았으면, 절대로 주문 안 했을 텐데···. 이제 택배 안 시킬 거예요. 안 시켜도 돼. 자기가 어디 있는지 아니까."

"우, 우진 씨? 근데, 거기서, 자기가 왜?"

그 남자의 이름은 '김우진'이었다. 이틀 전, 그가 내 이름을 불러주며 우리는 마침내 하나가 되었고, 내가 그의 이름을 처음 들었을 때, 우리는 다시 하나에서 둘이 되었다. 하지만, 이렇게 이런 상황에서 그를 다시 만나게 될 줄은 꿈에도 몰랐다. 그동안 수없이 이곳을 다녀갔어도 그가 이곳에 살고 있었는지 나는 알지 못했다. 그가 자기 집으로 나를 데리고 들어가 내게 아이스 녹차를 내왔다. 내가 잠시 멍해져 차를 마시는 동안에 그는 내 머리를 마른 수건으로 정성껏 닦아주며 비에 젖은 내 운동화를 걱정해 주었다. 그는 나의 이름을 영업소에 여러 번 문의해 어렵사리 알아냈다고 했다. 평소 집 안에서 워낙 벗고 다니는 타입이라, 처음엔 정말 내가 여자였는지 몰라 그냥 아무 생각 없이 문 열고, 편하게 택배를 받았다고 했다. 뒤늦게 내가 여자 기사였던 걸 알고는 사과를 하려 했으나, 계속해서 물건을 밖에다 두고 그냥 가서 만날 기회가 없겠다 싶어 영업소로 전화를 걸어 보았고, 그 역시 소용이 없었다고 했다. 내가 우연히 햄버거 가게에 택배 조끼를 입고 처음 들렀을 때부터 우진 씨는 나를 바로 알아보았고, 몇 번 더 갔을 때 내가 찔레를 데려간 사람인 것도 알게 되었다고 했다. 그는 우리의 인연에 대해 스스로도 많이 놀랐다고 했다.

"우진 씨, 근데 왜 처음 봤을 때 저한테 솔직히 말 안 했어요? 그랬으면 간단했을 것을…."

내가 차를 다 마신 뒤 그에게 물었다.

"아 … 그게…."

"?"

"아, 아니다."

그가 목발을 짚고 자리에서 일어나 나에게 다가와 나를 안았다.

"아니야. 내가 기억하고 있을게, 그러면 돼."

그가 나를 더 꼭 안았다.

0

천사의 날개는 그 후로도 오랫동안 내 마음속에 남아 있었다. 이유는 나도 모른다. 그저 딱 한 번 스치듯 만나 사랑을 나누었을 뿐인데 살면서 나는 그녀를 잊지 못했다. 내게 그녀는 성적으로 매우 강렬했던 것만큼이나 인간적으로도 너무나도 매력적이었다. 그리고, 찔레를 구해주던 날 새벽, 그녀를 극적으로 다시 만날 수 있었다. 이번에 또다시 그녀가 내 인생을 그냥 스치고 지나가게 놔둘 수 없었다. 나는 다시 그녀를 만날 수 있는 방법을 찾아야만 했다. 스토커가 되지 않으면서도, 그녀를 다시 볼 수 있는 유일한 방법은 그녀가 배송하는 택배 주문을 한 뒤, 그녀가 물건을 가지고 방문했을 때 그 기회를 활용해 그녀와 가까워지는 것뿐이었다. 하지만, 그녀는 번번이 집 앞에 물건을 던져두고는 그대로 사라져 버려 그나마 간단한 대화조차 나눌 기회가 생기질 않앉다. 그러던 어느 날, 그녀가 제 발로 내 햄버거 가게에 걸어 들어왔다. 배송 조끼를 입은 그녀는 다소 피곤해 보였으나 여전히 생기가 있었다. 내가 만든 '오리지널 버거'를 그녀가 맛있게 먹고 있었다. 햄버거를 쥐고 있는 그녀 손목 위에서 날개가 다시 푸드덕, 날갯짓해 하늘로 날아오를 것만 같았다. 나는 용기를 내 그녀가 맨 처음 내게 말했던 것처럼 그녀에게 말했다.

"저, 우리 드라이브할래요?"

아주 오래전, 그녀가 일했던 '토킹바'에 나를 데리고 갔던 사람은 당시 내 첫 직장 보스이자, 부상으로 축구 선수 생활을 포기하고 방황하던 나에게 햄버거 업계로 입문을 시켜준 체대 선배였다. 사석에서 나는 그 선배를 '브루터스 형님'이라 불렀다. 선배는 어떻게 알았는지 내가 그녀에게 관심이 있다는 걸 눈치채고는 내게 넌지시 알려 주었다.

"우진아, 너 잘 해봐라. 쟤 닉이 엔젤인데, 자기가

마음에 안 들면 바로 쌩까는 거로 좆나 유명해. 여기
에이스라는데, 진짜 묘하게 섹시하지?"

선배가 그녀에게 술 한잔을 사주라고 내 옆구리
를 부추겼다. 하지만, 실망스럽게도 그녀는 내가 사
준 술에 입도 대지 않았다. 선배가 의기소침해진 나
를 계속 놀려 댔고 그것을 본 그녀가 슬며시 다가와
목에 걸고 있던 청진기를 내 심장에 대며 속삭였다.

"저, 기분 나쁘셨다면, 사과할게요. 제가 곧 퇴근
인데, 저랑 드라이브하실래요?"

선배는 내 뒤통수를 가볍게 한 대 치고는 자리에
서 먼저 일어났다.

새벽 두 시, 그녀가 일을 마치고 내가 기다리고 있
는 바 주차장으로 내려왔다. 간호사 유니폼을 벗은
그녀는 눈이 부시게 아름다웠다. 긴 생머리를 풀어
헤치고, 검은색 라이더 재킷을 입은 그녀가 주차장
구석에 서 있는 자신의 바이크를 가리키며 나에게
"타요!" 하고 말했다.

"우앗, 이거 도대체 몇 CC예요? 우리 아무래도 남녀가 뒤바뀐 거 같군요."

뒤에 매달려 가기가 좀 멋쩍었던 내가 그녀에게 말했다.

"꼭 잡아요!"

헬멧을 쓰고, 그녀가 바이크에 시동을 걸었다. 그녀의 바이크에 매달려 반포 대교를 건넜고, 소월로에서 우회전을 해 남산 순환도로에 진입했다. 남산 공원에 도착할 때까지 그녀는 엄청난 스피드로 바이크를 밟았고 매달려 가는 내내 나는 기도를 했다.

"짜릿했죠? 아, 근데, 아까부터 그쪽한테서 뭔가 좋은 냄새가 나요. 아, 갑자기 배고파. 우리 뭐 먹으러 갈래요?"

처음부터 자존심이 몹시 상했던 그날 밤, 그나마 내가 유일하게 그녀에게 칭찬을 받았던 건 하필, 내가 숨기고 싶어도 숨길 수 없던 내 몸에 밴 그 냄새였다. 하루 종일 참나무 장작으로 햄버거 패티를 구워야 했던 내 온몸에는 샤워를 하고 옷을 갈아입어도 여전히 햄버거 패티 냄새가 남아 있었고, 다행히도 그 냄새를 좋아했던 그녀에게 나는 야식 대신 패티 향 키스를 퍼부어 주었다. 우리는 아무도 없는 공원 벤치에서 서울 야경을 바라보며 격렬하게 섹스를 했다. 섹스를 마치고 그녀가 담배를 한 대 피워 물었다. 내가 잠시 화장실을 다녀오겠다고 하자, 그녀는 그냥 여기서 소변을 보라고 했다. 농담인 줄 알고 그녀 앞에서 장난스럽게 지퍼를 여는 시늉을 했더니 그녀가 담배에 불을 붙이며 진지하게 내게 말했다.

"괜찮다니까, 그냥 여기서 해요. 나 보고 싶어."

ㄷㄷㄷㄷㄷ

그녀가 정말로 내 바지의 지퍼를 내렸다. 그러고는 내 페니스를 밖으로 꺼냈다. 그리고, 그녀가 나를 뚫어지게 쳐다보며 내가 소변을 싸기를 기다리고 있었다. 나는 묘한 수치심을 느꼈다. 그녀 앞에서 소변이 나올 리가 없었다. 나는 그녀가 담배 한 대를 끝까지 다 피고 난 후에야, 겨우 그녀 앞에서 소변을 볼 수가 있었다. 그녀가 내 바지의 지퍼를 다시 올려 주었다. 내 기억 속에 그녀는 참으로 기이하고 강렬했다. 그리고 그런 그녀가 계속해서 생각이 났다. 그녀를 향한 생각을 멈출 수 없었다. 며칠 뒤, 용기 내 그녀를 다시 보러 혼자서 그 바를 찾아갔지만, 그녀는 이미 그곳을 그만두고 거기에 없었다.

그녀는 여전히 그때의 나를 기억하고 있지 않지만 그것은 지금 내게 아무런 상관이 없다. '오리지널 햄버거'부터 나를 기억하는 게 오히려 그녀에게는 훨씬 더 안전하고 행복할지도 모른다. 그러나, 따지고 보면, 이 세상에 나쁜 기억이란 없다. '나쁜 기억'이란 이미 일어난 '나쁜 일'과는 별개라고 나는 생각했다. 나는 아무리 나쁜 일도 '좋은 기억'까지는 못 되더라도 '나쁘지 않은' 기억으로 분명히 승화시킬 수 있다고 믿었다.

나는 그녀가 나와 함께하는 동안 일어날 그 모든 것들을 또다시 지우지 않게 되길 간절히 바랐다. 그

소중하고도 '나쁠지도 모를' 우리의 추억이 우리 안
에서 삭제되지 않고 영원하기를 바랐다.

　나는 내 두 팔이 그녀가 편히 잠들 수 있는 집이
되기를 바랐다.

21

우진 씨가 깁스를 하고 있던 두 달 동안, 나는 목
발과 함께 그의 중심이 되어 주었고, 누군가의 중심
이 내게 있다는 사실이 내 삶의 기쁨이 되었다. 제
법 선선해진 새벽에 집을 나가 이백 개가 넘는 상
자들의 주인들을 하루 종일 일일이 다 찾아 주고 나
면, 나는 '브루터스 햄버거' 가게로 퇴근을 해 그를
내 차에 태우고 그가 살고 있는 15동, 그 아파트로
함께 갔다. 그가 다친 것은 참으로 안타까운 일이었
지만, 한편으로는 짧은 시간 동안 우리가 급속히 친
밀해질 수 있었던 구실이 되기도 하였다. 그는 내가
잘 기억하고 있지 못한 순간들에 대해 뭔가 알고 있
는 듯했지만 그저 웃을 뿐 절대로 내게 입을 열지는
않았다. 가끔은 내가 생각하고 있는 것보다 훨씬 더
오래전부터 그가 나를 알고 있을 거 같다는 생각이
들기도 했지만, 그것이 그에게 중요해 보이진 않았

다. 가끔 내가 어떤 것에 대해 집요할 정도로 궁금해할 때면, 더 이상 말을 못 하게 자신의 입으로 내 입을 틀어막았다. 그런 그가 야속하면서도 한편으로는 세상에 어떻게 이런 남자가 있을까 그저 고맙기만 했다. 그는 단순하면서도 낭만적이었을 뿐 아니라, 낭만적이면서도 단순했다.

은행잎이 질 무렵, 깁스를 푼 그와 단 둘이서 소주를 한잔하다가 지난여름 그가 다리를 다친 것이 나와 연관이 있다는 사실을 알게 되었다. 우리가 그 말도 안 되는 드라이브를 한 바로 다음 날, 그는 내가 택배 물건을 가지고 자신의 아파트 초인종을 두 번 눌렀다고 했다. 나에게 키스를 거절당하고 의기소침해 있던 차에 내가 자기를 찾아오자, 햄버거 가게에서 찔레의 간식을 선물한 사람이 바로 그 집에 살고 있는 자신임을 그날은 꼭 밝히겠다며 미친 듯이 현관문을 열고 뛰쳐나왔지만 이미 나는 사라지고 없었다고 했다. 나는 그때 서둘러 물건을 문 앞에 던지고 도망치듯 엘리베이터를 타고 7층을 향해 내려가고 있었다. 내가 7층에서 701호 아줌마와 잠시 이야기를 나누고 있는 사이, 그가 다시 엘리베이터를 불러 올려 내가 멈춰 선 7층으로 따라 내려왔다. 마침내, 7층 문이 열렸고, 엘리베이터 안에 있는 낯선 남자가 내리기도 전에, 나는 본능적으로 그가 21층 '변태새끼'라는 것을 알아차렸다. 나는 계단으로 몸을 돌려 그 즉시 사력을 다해 뛰어 내려가기 시작했다. 그가 나를 따라 내렸고, 당황한 나는 더 빨리 계단을 뛰어내리기 시작했다.

쿠당탕탕,

아파트 계단 어딘가에서 그 남자가 발을 헛디뎌 구르는 소리가 들렸다. 그제야 나는 다시 여유를 되찾으며 그곳을 빠져나올 수 있었다.

"휴우, 그러니까 … 나를 자꾸 스토킹하고 깝치니까 저렇게 자빠지잖아!"

우진 씨가 내 소주잔에 소주를 가득 따라 주고서
자기 잔에도 한 잔 따랐다. 그가 잔을 부딪치며 나
를 보며 계속 웃고 있었다.

22

모처럼 함박눈이 내린다. 올 겨울에는 눈다운 눈이 한 번도 내리지 않았었는데 … 벌써 겨울이 끝나가다니…. 어느새 엄마가 가신 지 벌써 1년이 다 되어간다. 찔레가 갸르릉거리며 내 옆구리로 파고든다. 솔이는 지난달에 호주 멜버른에 도착했다고 연락이 왔다. 산불이 몇 개월째 호주 전역에 퍼지고 있어 잠시 여행을 멈추고 멜버른에 머물며 한인 식당에서 알바를 할 예정인데 그래도 틈틈이 서핑을 한다고 했다.

"보고 있나, 언니들, 여기 서퍼들 너무 섹시. 정말, 나, 서울 안 갈 거야. 나는 여기서 살래. I am sure I belong here. (난 여기가 체질이야.)"

솔이는 날마다 서퍼들 사진과 자신의 일상을 인스타그램에 올린다. 덕분에 나는 솔이의 일상을 거의 매일 실시간으로 공유하고 있다. 솔이가 지금도 꼭 내 옆에 있는 것처럼 느껴진다. 하지만, 나는 강이와 아직도 화해를 하지 못했다. 그래도, 다행인 건, 솔이의 인스타그램에서 강이의 흔적을 가끔씩 만날 수 있다는 것이다. 강이가 솔이에게 다는 댓글에 나는 '좋아요'를 누르곤 하지만, 그녀는 나에게 아직 아무런 반응이 없다. 그러나, 나는 '그'를, '그녀'를 이제 조금 더 이해할 수 있게 되었다. 강이는 내가 걱정할 것들을 미리 차단하기 위해서 그러는 것이라고 나는 생각하기로 했다. 강이는 언제나 배려심이 너무 많아서 탈인 아이니까…. 반면, 나는 솔이의 삶을 점점 더 잘 모르겠다. 이제 막 솔이는 온전히 자신만의 삶을 만들어가기 시작했고 어느 지점에서 내가 그녀와 다시 만나게 된다면 그것은 또 다른 우리 자매 사이에 새로운 전환점이 될 것이다.

그날도 오늘처럼 눈이 아주 많이 왔었다. 스티브가 엄마와 술이 만취돼 집에 들어왔던 그날 밤, 나

는 동생들을 먼저 재우고 엄마를 기다리다 선잠이
들었다. 한밤중에 엄마가 술에 취해 들어와 스티브
와 말다툼을 벌이다 잠시 후 조용해졌다. 나는 방문
을 열고 살짝 마루로 나가보았다. 부엌 식탁에서 스
티브가 혼자서 위스키를 마시고 있었다. 술 냄새가
마루에 진동을 했다.

"Hi, baby, Did I wake you up? (안녕, 애야, 나
때문에 깼어?)"

내가 알아들을 수 없는 영어로 그가 뭐라고 내게
말했고, 나는 그에게 물었다.

"엉끌 스띠이브, 엄마는요?"

그는 들고 있던 위스키를 원샷한 뒤 내게 다가와
내 머리를 만졌다.

"Mommy is sleeping. You must go to bed
also. (엄마는 자고 있어, 너도 어서 자야지.)"

스티브가 나를 방으로 데려다주었다. 그 방에는
동생들이 함께 자고 있었고 그는 내가 잠들 때까지
옆에 있어 주었다. 잠시 후, 나는 다시 눈을 떴다.

스티브가 아직 방 안에 있었다. 스티브가 어린 강이의 이불 속에 손을 넣고 있다가 나와 눈이 마주치자 조용히 하라는 듯 손으로 자기 입에 손가락을 갖다 대며 속삭였다.

"Shhhhhhhh, Good girl, Go back to sleep, SAEM. (쉿! 착하지, 어서 가서 자렴, 샘아.)"

내가 일어나 스티브에게 다가갔다. 그때 그런 용기가 어디서 나왔는지는 모르겠지만, 나는 동생을 만지고 있는 그의 손을 이불에서 빼낸 후 그에게 애원하듯 말했다.

"노! 엉끌 스띠브! 내 동생 만지지 마세요. 제발⋯."

스티브가 나를 만졌다.

나에게는 아직도 내 마음속에서 영원히 지우고 싶지만 지울 수 없는 희미한 기억들이 남아 있다. 그러나, 나에게는 기억을 해내야 할 것들도 많이, 그것도 아주 많이 남아 있다.

워야 할 기억이 더 이상 생기지 않는 것만 해
 나에게는 다행이지 않은가.

띱~
우진 씨에게서 문자가 들어온다.

10분 후 도착 예정. 밖에 봐봐, 눈 엄청 와.

비가 억수로 내리던 지난여름, 십자가 박스를 짊
어지고 넘어간 언덕 위, 저 높은 곳에 내 작은 일상
의 기적이 나를 기다리고 있었다. 그 박스 안에는 지
워버린 내 과거와 앞으로 내가 만나게 될 미래가 다
들어 있었다. 그리고, 그 박스를 주문한 건 그였다.

이제 그 기적은 나를 다 잊게 할 것이며, 또 모두
기억하게 할 것이다.

간장이 익었다.

작가의 말

    수년 전, 우연히 취미 삼아 요리를 하게 되면서, 심리적 위안을 얻게 되었고 필연적으로 장을 담그기에까지 이르렀다. 그러던 중 우연히 간장에 대한 모티브로 '사랑을 믿지 못하는 한 여자'의 이야기가 작가의 마음속에 효모처럼 내려와 앉았다. 맏딸 '장녀(長女)'의 이야기는 그래서 중의적인 표현으로 '장녀(醬女)'로 표기하게 되었다. 간장이 익어가는 1년 남짓한 시간 동안 그녀가 겪게 될 이러저러한 일들이었지만, 세상에 이야기를 내놓기까지는 그보다 더 오랜 시간인 2년 반이라는 세월이 지났다.『장녀(醬女)』는 오랫동안 관심 분야인 '발효'에 관한 그 첫 번째 이야기에 불과하다. 간장이 익어가는 과정 속에서 장녀, '사샘'의 삶 또한 조금씩 성숙해져 갔으며, 작가 스스로의 삶 또한 깊은 숙성의 단계로 진입하게 되었다, 고 조심스럽지만 말하고 싶다. 삶에 방황하고, 세상에 반신반의하던 작가의 모습이 부지불식간에 장녀의 페르소나에 깊게 투영되었을 것이다. 부디, 우리 모두의 삶이 고독과 결핍으로 무너져 내리는 순간이 와도 끝까지 다 살아갈 이유와 용기를 찾아내기를 진심으로 바란다.

평범한 소금물이 메주를 만나면 일상을 초월하는 간장이라는 액체로 발효해 간다는 사실이 새삼 기적이란 생각이 든다.

장녀 醬女

초판 1쇄 발행 2020년 5월 20일

지은이 황의건
발행처 예미
발행인 박진희 황부현
편 집 이정환

출판등록 2018년 5월 10일(제2018-000084호)

주소 경기도 고양시 일산서구 중앙로 1568 하성프라자 601호
전화 031)917-7279   **팩스** 031)918-3088
전자우편 yemmibooks@naver.com

ⓒ황의건, 2020

ISBN 979-11-89877-23-1 03810

이 도서의 국립중앙도서관 출판예정도서목록(CIP)은 서지정보유통지원시스템 홈페이지
(http://seoji.nl.go.kr)와 국가자료공동목록시스템(http://www.nl.go.kr/kolisnet)에서
이용하실 수 있습니다. (CIP제어번호 : CIP2020017175)